方秋停 著

木麻黃公路

歷史傳承古往今來，
書寫建構一座文學的城市

　　文學，可以被視爲是一座城市中，最具價值的永恆礦脈。漫步在巷弄裡的美好日常，百態生活在文人筆下變得立體清晰，遊走於歷史與建築之間，觸碰空間與記憶的標籤。臺南擁有絕佳的地理人文，先天豐沃的文化底蘊，多少作家借以筆墨書寫，吟詩作賦，淬鍊出城市裡不同質地的精華。

　　臺南作家作品集出版至今，已來到第十二輯，今年入選的五部作品，各自展現出獨有的生動氣韻：由王雅儀所編的《李步雲漢詩選集》，從詩人李步雲的人生經歷，到相關史料文獻的彙整，包括過去參與文壇活動的紀錄，並深入作品之中探究其詩觀及其特色，實屬可貴；由作家粟耘的夫人謝顗編選的《停雲——粟耘散文選》，在其編選的散文之中，處處可見夫妻兩人的相知相惜，以及隱居山林後的恬適日常，編選用心更留下無限感念與情思。

　　散文寫下作家最切身的經歷體悟，詩人以精煉的文字詞彙，爲詩句注入想像的力量。王羅蜜多一手寫小說，一手寫詩，這幾年嘗試不同文體形式的創作。睽違多年的詩集《解

剖一隻埃及斑蚊》，將他過往獲獎或遺珠之作，以及陸續對照心境轉折的其他創作，重新梳理後集結成冊。

寫出地方人情，城市風味的方秋停，成長的歷程與所見所為，都成為她創作的養分，《木麻黃公路》有著勇氣與寬容，愛與珍惜的各種點滴；將繪畫的色彩帶入創作，生命的廣度與藝術之美，成了郭桂玲寫作的獨特視角，用各種細節堆疊出人物的真情流露，《竊笑的憤怒鳥》更像是懸掛在城市裡，一幅幅令人傾心的小品畫作。

傳承古往今來，小說打造出生動的虛擬世界，要想進一步認識一座城市的美，得從文學開始。走進一座城市，探究城市裡的人文與精神，就能寫出靈魂的本來模樣，也能描繪出一個時代的輪廓與氣質。體悟生命的真諦，亦是寫作的本質，書寫歷史成為記錄，把社會的發展與環境變遷，化為創作題材。

若要建構一座名為文學的城市，就要從「臺南」開始書寫。無論世代青壯，作家們寫作採集的行為，不僅往城裡、城外去挖掘，甚至大聲談論各種真實的議題，讓這片沃土變得更加獨特鮮活。因為文學，我們再次看見了人，以及這座城市最真實的面貌。

臺南市　市長　黃偉哲

文彩筆墨如蝶飛舞，
打開書寫與日月爭光

　　四季如歌，風月秋花，歷史隨時光的流逝而沉澱，積累出獨有的文化底蘊文學亦是見證歷史的另一種方式，不同世代的作家，人人筆耕不輟，將自身的心境意念，抒發寄情於詩文、小說等文學體裁之中。

　　文人字字生花，如墨蝶在方格間翩翩飛舞，振筆疾書之際，更將自身對生命的感念，凝縮於書扉紙頁之上。創作需要恆心毅力，有時更是孤獨的。傳承先代前人的開拓精神，寫下對人生的觀照領會，以及對這片土地的情懷和感激。

　　臺南作家作品集是一長期的出版計劃，此系列旨於深耕臺南在地的創作能量，納入新舊世代的觀點，以及對臺南文學的展望與想像。每年持續出版多部精彩的作品，也為城市累積出更為深厚的文學群像。從地景、建築到歷史記憶，市鎮繁華的喧囂日常，沿海風和日麗的自然生態，這些城市的肌理也忠實地體現在作家的書寫之間。

　　今年選出的五部作品，分別為：李步雲著，由王雅儀所編的《李步雲漢詩選集》，內容以臺南麻豆出生，本名李漢

忠，詩人李步雲的漢詩作品為研究對象，大量收集完整的史料記錄，更將詩人的創作生平仔細彙整；粟耘著，由謝顗編選的《停雲──粟耘散文選》，集結粟耘過去數十篇的作品，如雲彩輕盈的文字，搭配墨彩的插畫，使文中有畫，畫中有文的呈現更顯珍貴。

詩人王羅蜜多的《解剖一隻埃及斑蚊》，已是睽違八年的華語詩集出版，詩人將過去十年累積的閩華語詩中精選，重新解剖並同時審視自己，創作的初心與起念；以自己的家鄉臺南來敘事，作家方秋停在《木麻黃公路》中，將往昔所見之種種變遷，轉為寫作的題材；從事美術教學的作家郭桂玲，將透過藝術之眼，寫下平凡之中不同的面相，《竊笑的憤怒鳥》也藉此傳達正向思考的生命態度。

以城市作為發展故事的藍本，作家寫下歲月的腳步，用文字紀錄著生活的氣息，嵌入內在情感與價值的作品，往往使人留下深刻印象。城市因人而有了溫度，人因體驗而有了更多的想像。打開書寫，創造更大的敘事舞台，這座城市的自由與廣闊，能與日月爭光，與萬物爭鳴。

臺南市政府文化局 局長

葉澤山

主編序

文學行道樹風景

　　二〇二二年第十二輯《臺南作家作品集》要出版了，這不只是臺南市的年度要事，更是臺灣藝文、出版界的盛事，因為臺南市政府累積十一集、七十餘本的成績，已經建立了優良的口碑。

　　今年徵選作品九件，通過審查予以出版者五件。其中兩件是評選委員推薦作品：《李步雲漢詩選集》、《停雲——粟耘散文集》，應徵作品入選三件，分別是：王羅蜜多的詩集《解剖一隻埃及斑蚊》、方秋停散文集《木麻黃公路》、郭桂玲短篇小說集《竊笑的憤怒鳥》。這些作家（含推薦）的共同特色，就是著作豐富，且都是各種文學獎項的常勝軍。

　　《李步雲漢詩選集》，由國立臺灣文學館研究員王雅儀主編，全書六章，除了從李步雲（本名李漢忠，1985～1995，麻豆人）約一千七百首古典詩作中精選五百六十首以饗讀者，還蒐集了照片、發表紀錄、日記、研究篇章等相關資料，甚至做了文學年表，是一本相當完備的研究資料集。

李步雲生前活躍於吟社，其詩亦多屬擊鉢性質，個人感懷抒寫性情者雖少，但亦為嚴謹之作，頗有可觀。

《停雲──粟耘散文集》由粟耘的夫人──散文作家謝顗選編。粟耘（本名粟照雄，1945～2006）是臺北關渡人，中年後居住麻豆。早年即以「粟海」之名馳譽畫壇，書、畫、文，都著有成績，出版著作二十餘冊，曾獲金鼎獎和優良文藝作品獎等。他的文字簡淨而意境深遠，在日常生活中靜觀萬物事理而自得情趣與妙旨，物我渾融的情境讀之令人悠然神往。

《解剖一隻埃及斑蚊》，作者為府城資深畫家詩人王羅蜜多（本名王永成，1951～），選錄其二○一二迄二○二一年華語詩七十一首。詩人在二○一五年後，轉向關注臺語文學，以臺語創作詩與小說，也頻頻獲獎，特別是兩種文類都曾獲臺灣文學獎，為臺語文學的豐富、發展，貢獻良多。他追求寫作的自由，自承：「在華語創作中紮根，在母語寫作中得到解放。」寫作的質與量，都是老而彌壯。

《木麻黃公路》，作者方秋停（1963～），除了臺灣各地方文學獎如探囊取物外，幾個重要文學獎：林榮三文學獎、吳濁流文學獎、梁實秋文學獎、時報文學獎等也都收在她的文學行囊中。本書收其近十年散文三十四篇，她的作品與她生活的時空、經歷的人事結合很深，「為愛與感動不停

書寫」、「寫出值得記憶的愛和感動」是她的創作追求，也是賦予自己的創作使命。

　　《竊笑的憤怒鳥》，作者郭桂玲，是臺南知名的美術教育工作者、插畫家、繪本作家。跨界寫作，也繳出亮麗的成績單。本書是她的十篇短篇小說創作集，寫作動機來自生活或聽聞的觸發，題材則多與藝術創作和教學相關。作者的創作理想是「透過藝術的追尋或學習」提升生命的境界。對於文學創作，她致力「傳達正向思考的生命態度，兼寫臺灣城市之美與特色」。

　　臺南作家作品集從種下第一棵樹到今天，已經蔚然形成文學城市的行道樹風景，迎風展姿。站在今年種下的這五棵樹下，左顧右盼，願這排行道樹能蜿蜒到遼夐的遠方。

　　　　　　國立高雄師範大學國文學系退休教授　李若鶯

自序
臺南，我的寫作原鄉

　　木麻黃沿途相連出綠蔭，針葉於地上堆疊覆蓋著蟲蟻……印象中臺南城郊有條長路，路兩邊栽植著木麻黃，毬果落地，小枝青葉環環接連，延伸出我年少的成長……

　　我出生於一九六三年七月的酷熱天，白河大地震發生時年僅半歲。據說地動天搖之際母親急衝屋內將我抱出，慌亂中將我頭腳倒置，此後我眼中世界經常傾斜，懵懂之心充滿好奇。我在臺南住過許多地方──從北華街到永康的影劇三村，後來遷往南區水交社、高中時期輾轉入住康樂街（舊新町）加蓋的閣樓。印象中家裡的鐵床一段時間便被一根根拆卸下來、運往他處重新架起，之後再拆再組裝，如舟車四處泊停，串接我漂流不定的青春歲月。

　　六○年代的臺灣，人民生活艱苦，我家父母為生活忙碌，兄姐各有成長任務。身為么女的我依戀親情，放學後卻常獨

守空屋，與庭前雞鴨對望、或向著斑駁牆壁及天花板幻想、自竹籬、紅磚縫隙及破落的窗外望——那些惹讓雙眼泛紅淚流的煤煙、引人飢腸轆轆的小販叫賣、隔壁傳來的醺醉爭吵以及諸多玄妙好玩的事，俱成鮮明難忘記憶。

一九六九年美國阿波羅十一號登陸月球，隔兩年臺南巨人少棒隊於威廉波特榮獲世界冠軍，那時電視尚未普及，鄰居常群集圍觀那神奇螢幕，孩童享有共同興趣，大人投入熱中話題，街坊四處掀起棒球熱，生活雖然清苦，快樂卻極簡單。從農業轉型工商社會，大人辛苦持家，小孩即便貪玩仍自覺或被要求分擔責任——幫忙家事、利用寒暑假到工廠打工，深植「付出才有收穫」的信念。

資源匱乏的年代，各式生存法則被辛苦實踐——猶記修腳踏車的羊伯、古物商駝叔、賣竹竿的里長伯、河畔作資源回收的李叔……他們性格差異各持立場，人際雖有爭奪，卻能患難與共。眷村裡，左鄰右舍以濃重鄉音溝通，大江南北集聚，命運交會一起，共譜樸實深刻的生活圖景。入小學時我國語仍說不輪轉，於那強勢推行國語的年代，留下許多哭笑不得場面。

小五那年（一九七五）家裡開始賣冷飲，生活與營業場所合一，我在幫忙家計之餘，經常瞧見南來北往各種人。記得當時六信高商的橄欖球隊員常於清晨奔跑路上，傍晚整群

人又自另一頭累狠狠奔回，他們總將粗硬皮球挾在腋下，跑破球鞋綁掛胸前，氣力隨汗流盡，一身著火身軀急須浸泡冷水，我家冰店便成為他們流失體能的急救站。其中有名喚作「坦克」的原住民隊長常說：「球要是打不好，就必須回去種田了！」一旁隊友回道：「你有田耕還好，我們只能去當小工……」，頓時那球如護身符，丟得出接得住，才能繼續在球場上奔馳。許多看起來並不起眼的事物伴我久遠，讓人忍不住將之記寫下來。

臺南是我出生及成長之地，從貧民區、眷村，城郊違建、乃至風化區裡的生活經驗，讓我有機會看見各種生命內涵。違建寒傖，卻可聽著發自底層的人情聲響；閣樓狹窄，反能瞧見萬象人生。寒凍之夜，一根火柴便可點亮天堂夢想，艱困年代適合沉思、也教人學會愛與珍惜，更在一次次嗔笑怒罵中，從自家或旁人遭遇，學會勇敢與寬容。

嗩吶聲響、貓屍一袋袋吊掛木麻黃樹上、童年腳步接連控控前奔的鐵馬、往事如繪，歷歷拼組出往昔的臺南樣貌。本文集共收錄三十四篇散文，結合個人成長及城鄉演變、真實記錄七、八○年代的臺南，藉以彰顯困苦環境對人激發出的志氣與韌性。多數作品發表於報刊雜誌，並於二○一八年獲第三十一屆梁實秋散文創作獎（文集徵選）評審獎，又經

多年增修，整體創作時間超過十年。其中〈紅磚巷底〉被選入一○三年「年度散文」。

書寫家鄉的作品幸運得由市府文化局來出版，其中機緣煞是美善！感謝過往與我交會的所有人，是您釋放的光澤與溫暖，成就豐富我的生命內涵。

目次

顛倒記憶

　　我喜歡看螞蟻爬行地上，瞧牠頭頂觸角不停晃動，自水漬邊移行至旱地，途經一塊塊高高低低的土泥……愛看鳥飛天空，群集或落單、直行、彎轉，銜來片片灰黑或亮白的雲彩，天地時而正向時而歪斜顛倒著……

傾斜的成長階梯

　　沒有任何照片為證，憑著模糊記憶及家人斷斷續續的敘述——後來知道自己原生於臺南北華街的貧民區，出生半年後便遇著白河大地震，據說地動天搖時母親急衝進屋裡，倉促喊了聲：「我ㄟ囝」便將我抱出。慌亂中我的頭腳被倒置，從此眼中世界經常顛倒、傾斜錯亂著。

　　印象中家門前的巷子經常灰濛，炊飯時煤球接連吐出濃嗆黑煙，星火逼逼剝剝，炊煙自崎嶇地面接上青天。

我蹲坐地上一手抓起泥巴，抬頭看天，感覺天地不停繞轉著。

　　窄巷裡堆疊姐姐們擁擠的青春期，我是那未能跟上隊伍的小鴨，歪扭身子，一不小心跌跤便濺得自己與旁人一身汙；我是他們無法擺脫的麻煩，從門外進屋爬上床鋪胡亂蹦跳、冷不防將書撕破一頁、或將姐的衣服隨意罩上，左腳踩著右腳，弄亂衣櫥，惹事後躲進被窩，匿藏一臉無辜。

　　房內就擺一張床，泥土牆上貼著明星像，蓬鬆髮尾向外彎翹，大圓眼珠子鬼魅般直瞪著。泛黃報紙橫貼牆上，字跡如蟻隨著掛燈搖晃。土泥滲漏，頂上橫梁似有蛀蟲藏匿，與屋外蟋蟀間歇合奏著小夜曲。一家七口人排列通鋪，鼾聲此起彼落。

　　那時候三餐溫飽不易，鍋裡幾粒米便要煮成一鍋粥、一把空心菜須填全家人肚子、醬油是唯一能夠添加的色澤。大姐初中畢業後渴望升學，家裡經濟卻不允許，木門用力關上，貼黏泥牆的報紙脫落，稻梗狼狼露出。

　　寒風自巷口颳入，一整排土屋危危顫顫。夏天烈陽燒燙整條街，濕熱蒸騰，雞鴨穢物於地上殘留一灘灘青黃色。記得巷裡有座手壓式汲水幫浦，各戶人家須得提桶拿盆前去排隊取水。汲筒吱吱叫響，姐的臂膀時而伸直時與鐵桿交錯出各種角度，斑鏽鐵口間歇吐出大小水流，生活越困窘，水流叫嚷得越急迫。

酷熱天姐習慣將大盆接滿，待水被陽光曬熱好替我洗澡。此時我似戲水小鴨，忽忽拍亂水面青天及雲的倒影、或以小手抓著盆側，快樂含於咯咯笑開的嘴邊。而等姐要我將頭低下沖水或示意我仰躺她腿上，我便驚慌躍起，一身淋漓自巷裡逃竄至巷口，如後頭有人持刀追趕的瘋雞！

　　這小孩真不愛洗頭！

　　一次次如待宰禽鳥被抓回又一次次逃脫。姐常趁我不注意將水淋下，匆促打起泡沫——肥皂水自頭流遍全身，我持續尖叫，扭跳，痠澀之眼勉強半張著——只見兩邊房舍顛倒，雲自地面溜走，簷上磚瓦似將散落……

　　蒲扇對著爐嘴猛力搖，將灰煙搧成青燄，壺內的水持續煮沸，鋁盆盛裝熱煙，水涼後飲入，飢渴間歇獲得緩和。之前家裡有臺竹編手推車，母親多用來載送家庭代工的材料與成品。去時汽水瓶蓋堆滿車，姐和哥跟在一旁走著，回程大夥爭著坐上車子，小輪於碎石路上吱吱叫著。我常讓母親或姐揹著，越早的記憶越模糊。

　　炊煙相互干擾，一盆盆髒衣服環繞幫浦各自打起泡沫，汙濁被洗淨，澄澈的水泡映出天青色。窗布遮掩，鄰居間的生活氣息僅隔一牆，歲月階梯向前延伸，許多想要飛出的夢想被關屋內。

　　一天小貨車停在巷口，散落衣物被堆整車，車啟動，回頭只見階梯漸地傾倒，然後消失。

倒掛樹上的日子

　　自臺南北華街到永康是段漫漫長路，雲絮於眼前變化身姿，矮房於平疇裝點各種圖案。車拐進影劇三村，不遠處公車終點站有棵老榕佇立路中央，樹蔭隆重撐開，大人小孩聚集自成圓環。車再往前，竹籬與紅磚牆交錯，有體面也有簡陋。小貨車終於停下，推開竹籬門家當搬到裡面，我的童年從此進入另一空間。

　　自竹籬縫隙看向外頭，對面的紅漆木門經常緊閉著。左鄰圍牆上留有空格，我於這頭一邊窺探一邊躲躲藏藏。鄰人說著各地鄉音，跨山越海集聚一起的腔調聽來如歌又如戲曲，語音突然高起或戛然止住，讓人不明所以。父親不是軍人一家卻總租屋眷村裡面。我和附近小孩一樣背著書包上學，即便羞澀少開口，眼眸心底仍有異樣感受。

　　哥繼續讀市區的小學，白天搭公車到遠處，放學後一身髒汙制服便和鄰居玩在一塊。我期待哥回來卻擔心他易與人爭吵，稻麥齟齬，最激裂粗糙的話語脫口便出。尤其大夥兒最愛的棒球總不長眼睛，碰一聲便打破鄰家玻璃。一次告狀換來籬內一陣宣誓性打罵，哥猛咬住牙關，過幾天紙牌、橡皮筋仍將大家聚集起來，時而歡喜時又扭打成一團。

　　泥洞挖開重又填平，玻璃彈珠如貓眼於光影轉換中變化神祕迴圈。哥意氣風發，一身硬骨含藏各種我未曾有

過的意念。我的世界侷限於竹籬與紅磚牆之間——看蟻行泥地、陽光催長新葉。流行風潮一波接一波，毽子、沙包或橡皮筋……一條條橡皮筋自兩邊接起，持拿者踮起腳尖拚命將橡皮繩向天拉高，通關者輪流疾奔近繩、縱跳，如燕子剪雲般飛越……這些女生玩意兒哥和他的朋友並不喜歡，他們喜歡在籃球框架前彈跳、執迷球棒與球切碰的輕脆聲響、熱中趨於球被接住前疾奔上壘。球、棒組成遊戲與人氣，空地、馬路，隨處皆可攻防。擁有一根球棒或黑亮、深褐色球套，是七〇年代男孩的共同夢想。

竹籬裡頭到處縫隙，生活除了填飽肚子，不容存有其它妄想。哥執意圓夢，聽說村外的蒜頭加工廠有賺錢機會便積極投入。為省時間哥連中午都不休息，由我送飯至工廠給他。哥手操小刀，前切後割，一顆顆去皮蒜瓣堆積如小山，球套在雲中向我們揮手。哥堅定瞻望，並允諾等領到錢，將買個樂樂球給我。

樂樂球形狀似飛碟，一顆超具彈性的圓球周圍環繞著踏板，腳踩上如安彈簧，便可如袋鼠般碰跳自如。哥給我夢想，我心於是跟著起舞、彈跳不已。

哥的手指浸泡藥水，一道道深淺割痕交錯出看不清的紋線。暑假過後，棒球、球套及哥所說的樂樂球仍在雲之外！

日子持續向前，紅磚竹籬相對，日曬雨淋，門兩邊的春聯一同褪色。

公車是哥通往市區的滑板，一溜煙便不在視線裡面。永康到臺南非我所能跨越，即便爬上老榕肩膀亦看不到邊界。

老榕如傘張開，夏遮炎陽冬擋風沙，似瞭望臺對著自城市轉進來的路。那時我喜歡選一根粗老樹枝攀爬上去、斜躺或學讓身體倒掛，任由髮絲如瀑垂落，感覺地心引力與知覺的拉扯——鄰近房屋盡皆顛倒，滾動的車輪行於天上，行人如鳥交會，眼前景致陌生但卻熟悉，我將雙手垂往地面，於空中隨意亂抓著。

街巷交織，平疇延伸視野與心思，偏遠的村落既不靠山亦不面海，牆圍外經常一片藍天。有時雲被吸入、融於不明次元，有時集聚，闢出一條條路徑或築起一道道等候翻越之牆。

庭前絲瓜入秋轉乾，翠綠於架上枯死整片。母親將瓜藤截斷，於下方接瓶欲盛露水，而日子一天天過去瓶內終究乾涸，平白渴死一隻螞蟻。

風吹雲洗，隔壁鄰居於院內翻曬、縫製新的被單。日子自遠而近，哥卻越跑越遠。放學後我常守著滿園空寂，隨著日影移動活動範圍。光陰於天空變換顏色，歲月長在樹上，青果轉黃，蜂蝶畫出各種曲線，蜥蜴於草叢當中亂竄或被蟻群抬著走……

曾偷偷將樹上青果摘下來切片，浸泡糖水封藏土裡。寫下日期，一天天計數著……

日子可以收藏久釀嗎？過期的時間是什麼滋味？

終究我迫不及待撬開瓶蓋，一隻好奇螞蟻比我還早進到裡面。

日暮翻轉，棒球不時飛過街引來一陣陣斥責。陀螺於下課時間胡亂轉繞，走廊前有被罰半蹲的同學，有些班教室前掛有「我要說國語」的黑色警戒牌。

海陸消長的傳言

謠言如風沙旋起旋散，夏天路上經常見著海市蜃樓。

同學紛傳村外有人在沙地挖著人骨，之後風聲轉向，原來挖著的是貝殼。這訊息少些驚恐卻教人更加興奮──海陸何時交接？因何移轉？於是便提籃拿鏟跟著走長長的路，一步步前踩，跨越生物進化的幾億年。

路越往前，青灰色屋瓦如浪層層後退，前踩腳步漸地變成了小跑步。路上雜草漸地消失，一大片荒原向外延伸，乾沙地上潤著潮濕，前面的人紛紛彎腰蹲身，我跟著將手中利鏟刺入。濕土被翻開，除了土泥還是土。時光影帶往前空轉，層層探入地裡，水微滲心情隨之緊張興奮。鄰近孩子散列開來，各自盤踞時空接壤的軸線。群蟻受著異樣吸引，靈犀拚命往下探，遠處雲絮寫畫玄秘紋線，隨後聽見有人激動喊出：「挖到了！」

衆人目光集聚泥地翻出的寶貝——江海確曾經過，它來自何處又流向哪裡？一股莫名的興奮感讓人更愈賣力，隨後又有人掘著骨貝，瞧那海馬狀身形頂出一根根利刺，顯露出樸實但卻華麗的海洋線索。我嗅著潮水氣息持續翻土，卻未挖著想要的貝殼，籃裡裝盛幾顆缺角扇貝便向回程。

　　背後夕陽連天，雲如潮浪翻湧，感覺海陸錯置，天地倒懸……

　　回去後我將貝殼連著其它珍藏物品一起埋進土裡，泥土似水能夠漂洗，為歲月留下精細與滄桑印記。

　　陽光持續於竹籬上移行，艷黃色絲瓜花一朵朵開出又如傘闔起，磚縫間蟻群踩著燒燙疾疾奔走。

　　光陰流動，地上影子不停轉繞，白天家人都到城裡，據說那裡有會自行移動的階梯。我常跑到公車站，爬上榕樹看向遠方，瞧望城鄉接壤及我童年的邊際……

迷路童年

　　據說我小時候經常迷路，一轉眼便不見人影，遍尋不著，母親於是一次次驚慌奔往派出所，於員警訓戒下將我領回。

　　這孩子到底怎麼了？

　　我也不清楚自己怎一回事！路是迷宮，周遭房舍如森林亦像波濤，岔路一轉便難辨別。視線低矮，旁人腳步如移動樹木，霧露迷離，流螢飛行草間，我牽抓母親衣角或跟行兄姐後頭，走著走著旋即擱淺路邊。

　　我是哥與姐無法擺脫的麻煩，儘管目光緊拴，一不留神，便如扇貝被沙掩埋。鳥兒隨雲遠去，向陽光點於眼前暈開……哥、姐呢？他們跑去哪裡？路邊竹籬與紅磚交錯，如一面面盾牌阻擋去路。人潮衝擊，來往車輛嘲弄著我的愚蠢，越走腳步越慌亂。

「小妹妹，妳家住哪？妳要去哪裡？」

啊，所有靠近臉龐皆罩面具，看不清他們真正的表情！媽媽——我如雛鳥吱吱慌亂，跌爬欲走又再摔跤，雲壓低如近逼之鷹——我，家在哪裡？

家在哪裡？

我半被解救半脅迫地帶到警局——不哭，小妹妹妳不要哭——我忍著不哭渾身卻不停地抽搐。小孩走失的訊息隨即傳開，醇厚的人情觸角相連通報，捲髮婦人瞧見大聲嚷道：「那不是阿霞她小女兒嗎？」

礁岩勾住漂流樹枝，峰迴路轉，母親匆忙趕來，又一次喜極而泣。

「好佳哉！」失而復得，無人忍心苛責。

哥與我年齡相近，我習慣跟在他後頭，而他極力想要擺脫我，見我神情欲哭不好堅持，心情一路掙扎著。他急欲前衝，卻不放心地一次次回頭看我。狹路變寬，偶與鐵路交會，那回哥走得火急，我半走半跑緊跟著，他衝過鐵道，柵欄噹噹噹低垂下來，我剛好被擋在平交道這頭。雙向來車對峙，風寒暑熱將要會合，哥於對面大聲喊叫要我快回家，聲音被煙塵挾飛上天。

我立於鐵道邊，兩眼遙望遠方，哥見我不動，氣惱得咬牙切齒卻只能停下腳步。雲集天上，灰與白，雙軌交會處漸地冒出黑點，那點兒逐漸明顯然後控隆控隆衝飛過來，將我吹得搖搖晃晃。強風過後，柵欄噹噹舉高，兩邊

人車混合，我繼續跟著哥，哥想快走卻只能放慢腳步。陽光拉長我們地上的影子，傾斜、扭繞，若即若離。

　　夜幕低垂，天地成為另個世界！夜晚我不被允許出門，除非有兄姐陪伴，廟會廣場放映電影往往是最佳機會。那晚，姐和哥正要出門，臨時被媽喊住：「妹仔做夥帶去！」唉，無聲嘆息各含嘴內不敢吐露，一群人便浩蕩前行。鄰家孩子盡皆出動，歡喜快步如逢年過節。我身穿棉布連身洋裝，蓬鬆的自然捲髮垂掛肩頭，只要和哥哥姐姐一起我便像個小公主，所有聽來的童話故事皆可圍繞著自己改編……黑夜清朗，弦月微笑，星光晶瑩閃爍著。姐姐們輪流牽著我，哥樂得輕鬆可一會兒東一會西隨意亂走。隔壁潘媽媽、對門小兄弟，平常似乎見過的老老少少全往同樣方向。啊，長腳短腿歡喜掃街，大街小巷四處是人。戲院未普及的年代，一捲黑膠片對著一面布幕運轉，便可投映、吸引所有目光。此刻，人為向光動物，如蟲或如鳥獸排列、散坐空地。
　　布幕四角拉開，偶隨風勢微微晃動，男主角歪嘴說著國仇家恨，女主角纖腰舞動，長髮飄飛、捲起各種情愫。清涼之夜暖暖的光，附近街燈被關上，人情冷暖全在螢幕裡面。婆婆媽媽們手搖蒲扇，飛蚊和善侵擾，大山大海，

現代古裝一幕幕變換，長白山上、遊龍戲鳳，啊，布幕裡的面孔時而大得逼人，時達達隨亂蹄遠去，斗大淚珠自布幕裡流出……

　　我不懂那喃喃細訴的委屈與難過，長刀刺入，血柱流出，巨斧飛出，人頭一顆顆落地，我急忙用手遮眼，奮力游回現實堤岸。轉頭看，不遠處籃球場上有人聚集，球按耐不住被拍地上，彈起再拍，另一雙手腳加入，此掌交由那手，然後熱烈地搶奪。啾，球被丟往籃框，咚地擊中鐵框彈開拾起再投。這頭街燈亮起，取代了那頭昏暗之光。我兩腳自迷離的時代走出，靠近鐵欄，手攀籃架兩腳踮起，感覺身體伸縮自如。弦月升高笑越明顯，球頻頻自頂上掉落下來，我的目光隨之彈跳不已……碰碰碰，幾個男生七手八腳擠在一塊，球彈起復被劫壓下來，街燈熄滅，眼前一片黑一片暖……

　　待回神四處張望——廟埕前只剩一大塊灰布直立，膠片捲往另一頭，放映機停止運轉，離散的蟲兒踽踽獨行，欲要飛起卻屢屢撲倒在地！哥呢？姐呢？一張張陌生臉孔如紙牌被打出、重新散發復再排列組合。我混在人群當中，視線未能搆著旁人肩膀，周遭晃動的臂膀如疾行之槳，我停住腳步或跟著人潮前行，便不知身在何處？人潮瞬即退去，竹籬、紅磚冷漠阻擋前頭。

　　街燈拉長、縮短地上身影，走進暗處，連影子也不見了，心情於是著急了起來。感覺鼻下有水，伸手抹去又再

流出……所有熟悉景物盡告消退，眼前的路正在墜落，街燈下壓冷冷的光束，兩眼急尋下一個亮處。期盼又害怕有人出現，陰影連成黑暗想像，感覺自己將被吞噬！

弦月化作彎刀，迷路孩童將被割頭，竹籬如矛豎立著，紅磚裡藏有仇怨血跡……大人之前用來嚇唬我的說詞，此刻盡皆鮮明浮現。鼻水續流，腳有些痠，步履沉重身體卻輕飄起來。夜色濃黑，棉布洋裝欲飛，如紙傘張開、亦如將隨風逸去的蒲公英……

寂靜周遭或有慌亂的腳步靠近，牆上玻璃片崢嶸著銳利青光，此路那巷不停轉繞，家在哪裡，我的意識漸不清楚！

醒時已在床上，昏暗室內明顯有人。耳邊似有清風流動，感覺頭有些沉。之前熒亮頂上的光束不見了，蚊帳外傳來窸窣低語，媽含帶著鼻音說：「可憐喔，妹仔轉來時規領衫攏係血……」

血？我想起鼻下的潮濕，我的鵝黃洋裝，手一摸，身上已換另一件衣服——外頭壓低的聲音繼續：「不知要做人啥米兄哥大姐，遮濟人顧未好一個小妹仔……」

迷濛中似見竹籬、紅磚掀動眼前，前頭光影迷離，我腳步踟躕……小飛蚊跟行，然後化成低聲啜泣。睜眼似見

姐和哥被罰跪在我床邊，趕忙將眼睛閉上佯裝睡覺，眼角不自主滑下兩行淚水。

　　深濃夜色漸地凝結，天明後，哥與姐又將各自出門，我繼續於磚籬當中找尋出路。

原載《福報副刊》2018.4.12

移動的鐵床

鐵架一根根卸下、重新架起再拆再組裝，印象裡那鐵床滿載我的成長記憶，於歲月之河前奔、彎繞著……

正午陽光刺眼，我與車上裝滿雜物的塑膠袋堆擠一起，便於顛簸路上搖搖晃晃，昏沉中告別了自出生來一直居住的北華街——奔跑無數回的階梯、喧鬧的吆喝與哭喊、鄰家相互干擾的煤煙、以及彼此觀望的寒暖與困窘……車漸行遠，回頭便見不著那熟悉的磚瓦與門窗，往昔跳跑、跌倒甚或挨罵被揍的灼熱感漸地冷卻。

小貨車自都會行駛了好長一段路，人車漸稀，路邊連亙著一畦畦甘蔗田。青綠色葉向上抽長然後垂落，圓莖當

中隱約露出一節節黑紫色。我兩眼時睜時閉，眼前隱隱顯出一圈圈灰亮光點，前路是片亟待填寫的空白。青葉向兩旁岔開，挺過實心環節，另一段甘蔗持續長出。

　　小貨車停靠路邊前進後退，貨物陸續被搬下車。捆綁一起的鐵架鏗鏗響，長長短短彼此控訴著。我扶車緣腳著地時仍然顫抖不已，竹籬迎我，兩片經雨淋日曬的屏風直立著。推開木門，空曠屋內顯得特別狹長。鍋碗瓢盆放在爐邊，鹽糖酒醋堆置角落。母親忙拿掃帚拂走牆角蛛絲，姐搓洗抹布拭去灰塵。螺絲釘一顆顆拴合螺帽，鐵床四腳被架起來，往上加搭一層立於客廳角落。棉被、枕頭自麻袋取出，俗豔花彩泛黃展開，熟悉的生活氣息便就延續。哥與姐們分擠上下鋪，我幸運得和爸媽睡於一旁的房間。

　　晨曦照來，移植花木伸根汲取養分，半萎之葉一分分拾回氣色。

　　搬至永康那時我還未入學，之前一直是母親的小跟班，成天於她忙碌的工作旁隨興遊戲。沒有餘錢買書，不識任何文字，所有看板皆如圖畫，線條、色塊交織，如光影、霞彩漫舞。扶桑花苞自青蕚綻出紅彩，蕊芯向外撐開豔麗小傘。黃蟬是天然的酒杯，適合盛裝霧露與心願。日出復落任我揮霍，倚坐窗邊看烏雲聚集、凝雨，水氣瀰漫然後化開，天空露出一片水藍。公車往返，我於母親撐持的傘裡曬出一身黝黑，自言自語說著成長故事。無知的眼眸恣意游走，星光、螢火是離散的好友、蟑螂故意長醜嚇

我，最駭人的是那毛絨一身、多足險惡的蜘蛛，總張開天羅地網，引發通往地獄之門的遐想。

夜裡姐和哥的酣聲於鐵床上下交響，紗門濾去一些塵埃及我不甚懂得的爭執。

黑夜與白天接連，暑氣燃盡風寒襲來，光陰囤積，濕氣混著無形塵泥。家裡的被子含潮不保暖，兄姐瑟縮相依，母親總為我蓋上祖母生前的禦寒大衣。身裹厚重傳家寶，感覺如藏洞穴，兩眼偷偷露出，藉由幻想一次次擦亮火光取暖。

紗門碰碰開闔，房外有時吵雜有時靜寂，偶爾鑽進鐵床帳裡，看飛蚊於外頭嗡嗡碰撞，光影調轉紗帳垂掛影像，如潮復如雲海，我似俯仰其中的游魚與飛鳥。

鐵床上下吱吱晃搖，哥比我大兩歲，衝動的手不知怎地便搥過來，我尖屬的哭喊經常激怒他，兩人無端便吵起來。二姐三姐一語不合也鬥起嘴，院裡雞鴨時相啄咬，腳印雜沓混亂。大姐原本脾氣也不好，之後變得耐心，經常扮演和事佬！

那年冬天特別寒冷，哥因頭癬剃了光頭，大姐買了頂鴨舌帽替他戴上。過幾天家裡不知為何特別熱鬧，那早我自鐵床摔下醒來，大姐前來抱我，我於她溫暖懷抱中刻意拉長哭聲，聲音斷續然後止住。

過不久親戚陸續前來，大姐換上漂亮衣裳，頭插香花臉塗脂粉。母親於一旁紅了雙眼。

大餅堆放桌上，家裡洋滿喜氣。沙其馬及鳳梨酥煞是香甜，我大口吃著如突然富有的螞蟻。甜膩後漸意識著大姐要出嫁了，之後鐵床將不那樣擁擠，卻讓人無法歡喜！

　　大姐蜜月回來爲每人帶了禮物。哥得到裝滿軟糖的大力水手、我則擁有一直想要的洋娃娃，金黃長髮可供梳理，彌補我老被削成短髮的缺憾。

　　大姐離家後鐵床沉寂了好一陣子，側躺朝內，整面牆成爲我的幻想布幕，虛實影像似如繞轉的跑馬燈，有的映照清楚有的匿藏著黑暗。

　　那時常有小偷出沒牆外，夏夜姐習慣敞開後門，三姐喊叫：「有人進來！」時剛巧我都和媽睡裡頭那間。宵小身影如月光去來，夜露於紅磚牆上潮潤復乾。

　　日常反覆，粗糙的三餐置放小圓桌上──空心菜和絲瓜、滷黑的三層肉及圓輪麵筋最常出現。

　　我喜歡拿筆於紙上模仿英文草寫，連環圈圈如彈簧般拉開，疏密鬆緊隨興，偶爾加上橫線與短撇，筆越急思緒越順溜，如車行過山洞，前衝、隨而飛起鑽入雲層，翔飛之際突然聽著雷響──

　　「欲入學了連家己ㄟ名攏未曉寫，這係要按怎！」母親憂心嚷道。

我騰飛的想像頓時跌落地上，彈簧成了一團糾結鐵絲。

　　點捺橫劃左撇內勾……我趴在圓桌前手抓筆歪斜地寫著，家人經過總不忘將我手扶正掌心抓緊些。散漫心思強被拉進方格，心神煞是痛苦。哥見我難過索性速速幫我寫了兩行，而那粗獷筆跡難逃老師法眼，一發現我當場被責罰，燙熱的羞恥持續了大半天。

　　窘境接連發生，心中總有擔心的事。三姐打工賺有零用錢，見我的課本破爛頁角全都翻起，便買牛皮紙替我將書一本本包好，讓我風光整齊了好一陣子。可惜好景不常，那回哥為了找東西自我書包翻出好些被劃叉的考卷，一聲嚷嚷，書包整個被倒出，只見筆短不堪，簿本髒亂裡頭甚至混雜著小石子。家人驚異我如此不用功，責罵聲洋滿屋內。三姐看我一臉委屈，於是買來好幾隻筆，一根根仔細削好幫我放進鉛筆盒。我深受感動，重新執筆如學拿筷子般慎重，耐性將字一筆一畫寫出。

　　國小位於村子另一頭，上學路途遙遠，之後跟著同學抄捷徑便可省走好些路。野地空曠無遮掩，荒地上散布著溝渠相連的養豬戶，汙水看似靜止，臭氣不斷排出。抄近路的人越來越多，放學如野牛出柙競奔，兩腳隨路彎轉，前路突然高起，我雙足跟著飛躍，未料書包未扣緊，裡頭的書及簿子逐跳出落進溝裡。

完了！我趴在溝旁將書一本本拾起於陽光下拚命甩，甩去沾黏豬糞卻甩不掉濃嗆氣味。那氣息跟著我回家，我恨自己不走平路、恨豬隻排糞、恨跳起的兩腳還有書包的開口⋯⋯

　　怎麼辦？我欲哭無淚，無人可以救我！

　　三姐默默將書拿到水龍頭下沖洗，再捧於電爐上一頁頁烘烤，爐火圈繞如迷魂陣，我知惹禍不敢抱怨，兩眼強欲睜開卻忍不住瞇閉起來，恍惚中似聞豬隻嘎嘎叫響⋯⋯

　　不知三姐烘書到幾點？隔天揹著書包到校，陽光自背後鞭笞我，進到教室遲疑著不敢將書拿出。迫於不得已小心翻開書頁，乾皺凹痕中隱藏著豬屎紋路，我低著頭，深怕火烤的心事被發現。

　　漫長學期總算熬到末尾。小貨車又來，我連著鍋碗鐵架再次被載走。

　　新賃之屋有兩間房，雙層鐵床打成通鋪，二姐三姐和我睡上頭，底下鋪塊榻榻米讓哥睡。空間似乎加大，卻敵不過我們成長的速度！兄姐擠在一塊，個性碰撞時有煙硝，哥嘴邊長出髭鬚，個性更見火爆，姐姐各懷心事，鮮少能再一起唱歌跳舞！後來家裡開始做起冷熱飲，生意場所與生活合一，更愈吵雜。

　　日子繼續向前，未料之事一件件發生！三姐將嫁臺北，工作提早遠調，母親心情結了層霜。

字句相連成篇，我已能自在書寫，英文草寫亦能斜出適當角度。為了三姐的婚禮全家皆添新衣，我的連身洋裝透亮著新穎線條，短髮旁分夾緊，展齒笑得很是拘謹。三姐回門時穿著橘色晚禮服，臉上濃妝遮去熟悉神情，宴客後洗去妝彩便隨夫婿離開，兩眼有些紅腫。我站立車外對著車內揮手，匆匆歲月夾著記憶前奔，跳過小圓桌與豬屎溝……

鐵床日愈空曠，二姐騎著機車橫衝直撞，經常將我載在後頭。地上偶有窟窿或高起來，車顛簸跳踉，二姐大聲嚷嚷，我於後頭也跟著咯咯喊叫。

二姐常帶我去看電影，入院前先購零食。水果攤橘黃水柿削裝整袋，芭樂青綠爽脆，姐總各買一袋。再至烤攤前挑揀秤重玉米，看鐵刷刷過玉米，風車催紅木炭，一層糖漿一層醬油胡椒粉，淺黃玉米漸成黑褐，一人一根帶進戲院隨著劇情盡興啃咬。

水仙宮前黑白切攤位的蟹丸軟嫩好滋味、海安路那家花生仁湯最濃純。二姐的車常帶我追逐好吃好玩的，也熱心引領我通過成長關卡——帶我買第一件內衣，教我如何將護墊黏上褲子。二姐善掌流行資訊，且能將小喜好發揚得淋漓盡致。她歡喜為我的鉛筆盒添加各種裝飾，青草、

游魚、日月星辰，細碎的五彩玻璃紙鋪墊，如馬槽被仙女棒點撒了金粉。那時書局熱銷各式小書籤，二姐一本本為我收集，掀開那簿子晨曦自雲中露出、青葉、枯木閃出瑩光、夏荷、睡蓮高低掩映、楓紅彩葉及霜雪延續好幾頁。

二姐的車騎得起勁，卻換來帶壞我的責難，家人將升學期待託付我身上，爸媽直說二姐不該帶我到處野！

我不確定自己的貪玩是否與二姐有關連？坐在二姐車後，有時聽她迎風大聲說話，有時兩相沉默著。街景如連環畫迴繞，二姐習慣這節奏，不忍岔開走往另外的背景。

二姐笑起來誇張，不笑便明顯有心事。

小貨車再停門前，冷飲店生意結束，一堆雜物被抬上車。鍋碗瓢盆鏗鏗碎碎，家從城市邊緣遷到市區，頂樓違建狹窄，鐵床於是又疊成上下層。床連餐桌接著電視。側門陽臺鐵欄交錯著電纜線，底下鄰居屋簷環繞起伏，居所如鳥巢或鴿籠般。

二姐選於家裡最窘迫時披上嫁裳，罩上頭紗提著蓬裙一步步踩到樓下。鞭炮聲響，紙扇倉皇丟出。

哥入伍後鐵床剩我一人。樓梯門開開闔闔，一直感覺有人在我夢裡進進出出。

閣樓擱淺半空，雲朵續飛時空轉繞……

何時小貨車將再駛來？我心疑猜卻不敢說！

原載《中時副刊》2017.6.12~13

角落陽光

　　學齡前天天跟著母親到城裡頭打工，為避免被要求要買票，總刻意彎腰駝背躲躲藏藏。車上乘客擁擠，我被擠到角落，到站時才於母親的呼喚聲中匆匆下車，跟著趕往她上班的地點。

　　母親那時在成衣廠做清潔工作，從玻璃窗到茶水間，每寸地方皆不容許馬虎。廠內生產學生制服，是當時公認最為耐穿的品牌。老闆娘神情嚴肅，不苟言笑，給人高高在上的感覺。她經過母親面前，總不忘用手觸摸門窗或來回將地板踩了踩，提示要清掃得更仔細！母親頻頻點頭，蹲下的身體彎伏得更低。每回見著老闆娘，我心情便跟著緊張。

　　工廠分成好幾個樓層，剪裁、縫車和釘鈕，一臺臺機器排列整齊，整個接連成嚴密的生產線。母親提著水桶

拿抹布，兩手不停地搓洗，為怕被老闆娘質疑為何帶孩子來上班，母親總讓我待在少人經過的樓梯間。自氣窗望出去——外頭車來車往，附近樓層高低不一，一幕幕流動又似靜止的生活畫面呈現眼前。偶有或大或小的螳螂自窗縫鑽了進來，帶來田園與陽光氣息。我剛開始覺得害怕，日久便習以為常，並將之當作玩伴。螳螂如榮枯草葉有青綠及棕黃兩色，時而靜止不動或登地跳躍而去，留我獨自乾瞪著眼。

晨間或午後，我心思隨意漫遊，與雲隔窗對話，臆測陽光的行走腳步，雖無聊倒也自在。怕就怕老闆娘突然經過，我整個人又將提心吊膽，惟恐給母親帶來麻煩。

那天，廠內阿姨帶我到樓下，指著老奶奶的房間要我進去。老奶奶是老闆的母親，廠裡人咸喊她「頭家嬤」，她年事已高不常出來活動，偶爾在門市前坐坐，少聽她說任何話。她找我做什麼？我直覺不安——是否工廠重地不適合帶小孩來，他們會不會因此解僱母親？沒了工作母親勢將煩惱，我們該怎麼辦？習慣性的擔憂接連一串，心裡的負擔掉落出來……這時老奶奶慈祥的面容於昏暗的屋內亮開，她引領我在她的床邊坐下，自抽屜拿出一條還熱的地瓜給我——老奶奶的手微顫，我手也跟著抖起來——老奶奶要我趁熱快吃了，我一時說不出話愣愣地吃著，吃到一半想起母親，便如何也吃不下。

老奶奶似乎看出我的心意，拿出另一條用報紙包起來要我帶回去。地瓜在嘴裡越嚼越香，甜味傳至全身，讓我整個人精神了起來。

　　母親打掃得越來越賣力，老闆娘仍然板著一張臉。

　　老奶奶常要我到她房裡，給我一些糕餅或小點心，這些事似乎都背著老闆娘在進行，讓我感覺溫馨、期待，卻又隱隱地不安。工廠的事全由老闆娘作主，無人可以違逆。據說老奶奶年輕時極其刻苦，如今天下全是她當年撐持打下的基礎，只是現在她不再過問一切，儼然只是家中一個擺設或一頁過時的風景。或許是貧窮的出身讓我變得敏銳，總感覺老奶奶並未受到敬重。她成天待在房裡，門外風光盡與她無關，而她不知何時注意到我，知道母親辛苦帶著我工作，便忍不住要對我們好。

　　老奶奶的善意從角落發出，一顆糖一塊餅甜潤我心，一塊方巾一個小玩偶，讓我的童年繽紛了起來。那回她更給了我一隻筆和一本簿子，鼓勵我有空多寫字，她說多識些字以後日子便能輕鬆過。老奶奶臉上佈滿皺紋，母親說老奶奶因年紀太大，皮層漸薄，臉及手上的血管看得一清二楚，我初見她時覺得有些害怕，之後便只感覺她的慈

祥。老奶奶講話的聲音很輕，聲調微微顫抖，而那一字一句深入我心，讓我振作起精神。

庭院裡的黃蟬正當盛開，朵朵杯型黃花承接露水，也映出一樹溫暖。

那年夏天是我最後一年跟著母親去上班，公車依然擁擠，我夾在人群當中欲自側邊混上車，經常被逮著求要補票——

「眞正有影還未讀冊！」媽忙著解釋。我心底既氣餒又難過，老奶奶的話語迴響耳邊——讀書，讀書之後就會有辦法！

老奶奶雖未讀過書卻會寫很多字，尤其阿拉伯數字寫得很漂亮，每道筆畫運轉都極認眞。她曾扶著我的手教我如何寫好一個字，我屏氣凝神，感覺著她手心的溫度，她臂上的血管與斑點織成堅忍圖像，深深印進我的腦海。

工廠機器吱嘎運轉，線軸隨著縫車踏板拚命繞，釦子一顆顆釘了上去，熨斗下壓，袖子摺往背後領口以塑膠片撐挺起來，便可供學齡孩子穿出活潑神采。入學前媽帶我到店裡去買制服，穿上後大家直說我長高了許多。我頻頻望著老奶奶之前經常坐的位子，卻未見到她。

上學後便不能再當小跟班，後來母親也離開工廠去找別的事。一天母親回來神情難過地說道：「頭家嬤過身啊！」

我愣傻住了，不知如何理解死亡這件事。

出殯那天，跟著母親到工廠拈香，告別式的場面極為風光，老板娘神情嚴肅坐在最前排。

　　抬頭看老奶奶掛在靈堂前的照片，仍然感覺她眼中散放的溫暖。

　　軟枝黃蟬盛放庭院，螳螂於記憶中跳躍不已，隱隱感覺有一派陽光斜照進來，那亮光鼓勵著我，讓我認真走在求學路上。

原載《福報副刊》2012.6.13

父親的拉力歐

　　小學那年家裡才有電視，在那之前想看電視必須到別人家裡，街頭那間柑仔店有臺電視，那時經常藉買醬油、鹽糖或麵粉理由，只要店家的電視正開著，眼睛便可黏貼上去站到腳痠再離開。電視稀罕卻在別人家裡，平常只能面對自家那臺黑色拉力歐（收音機）。拉力歐須裝電池大人在家才能使用，天天都期待父親早點回來，便有機會轉開那黑盒子，將外頭人事沙沙茲茲迎入屋內。

　　印象中那臺拉力歐側邊有個旋鈕，順時針轉啟動電源，越往下音量越大遇有雜音也越刺耳。下方另有一旋鈕接連面板指針，前後移動音頻如風箏順逆著風勢，稍一不慎便入不明地域。戒嚴時期誤聽對岸電臺將會有事，地雷不許踩踏，聽見異樣訊息便趕忙跳開，速將風箏拉回安全區域。指針呼呼轉繞，一會兒翻越沙丘、一會兒飛過候鳥

散步的水塘，忽然碰地卡在松樹頂上，勾出天邊萬道霞彩……男女老少，各種聲息陸續進到屋內。

黑盒裡的人從不現身，帶有磁性的聲音常引人無盡遐想——想像那溫文儒雅的瀟灑身姿就在眼前，風聲雨聲桌子移動及行走腳步……心儀的嗓音有時年輕有時蒼老，時或離散聚合成另外的身分。後來才知原來那青壯聲音的主人是個老頭，好聲音與好面容並不等同。每個人通常飾演好幾個角色，這齣戲裡的好人換個劇本可能就不是了！

小黑框裡藏有動物嚎叫、風帆鷗鳥、還有連綿的山川與丘陵……小鎮與都會，眾多靈活聲音住在裡面，老邁佯裝年輕，青年瞬間老去，指針移動些許便入時光隧道——包公的大黑臉隨著匡噹匡噹銅鑼聲出現，展昭貓、飛天鼠於刀光劍影中跳跶；時光拉近些，廖添丁、朱一貴、林爽文自煙硝砲火中鑽出，一頁頁史書被熱鬧說出。父親最愛鄉野傳奇，聽聞熟悉橋段總忍不住從旁補充，裡外豐富故事情節。黑盒有時傳來浪漫劇情，男女主角纏綿的情話如在耳邊，聞那親暱呼吸，唇相碰觸，我稚嫩的聽覺於是跟著談起戀愛。

年少不懂大人的事，似懂非懂的啟蒙斷續進行著。國小前和爸媽一起睡，靠牆邊的床位好是狹窄，側躺著恨

不得有穿牆術，夜半便可移出牆外，搭乘無人馬車奔至遙遠森林。追逐陽光採集野花、與麋鹿黑熊玩耍……烏雲聚集，正想邁步往回跑，卻見天邊現出迷濛彩虹，有時正要吹散手中蒲公英，木板床突然嘎吱響起，便被拉回現實床緣！

　　夢醒間常延續著父親聲息。那時母親多半早睡，勻稱呼吸嚕嚕便划向湖心，一旁的父親逕自說著夢話，單口或對口相聲，有時還會製造各種背景聲響——火車嗚嗚自不遠處馳進月臺，汽笛聲響又隆隆駛去。我緊閉的眼簾一會兒明亮一會兒漆黑，心神跟著翻越千山萬水……深淵高空變化起伏，夜氛暗藏著危機，父親化身拉力歐，一齣齣自編自導的戲曲於夜半接連演出。

　　側身向壁，僵直著頸子，眼前布幕時又清亮起來……我躲在臺前，兩眼縱入，忽聞背後有氣球被緊抓的嘎嘎聲響——喀——喀——再轉一圈，自吹口牢綁住或往上頂出蘋果形狀——嘎嘎聲繃至極限就將爆破，於靜夜裡聽起來特別清楚。忽地我自原來夢裡被拉出，感覺背後一陣涼風，列車急馳，窗外羊齒嚙咬著青草，嗚嗚聲伴著磨牙響音，父親好是忙碌，劇場頻頻更換著布幕……

　　父母親生於一九二〇年代，受日本教育的他們日常交談總夾雜日文，幼時被植入的語彙脫口便出，我經久也懂得其中一些關鍵字。時代掀動歷史簾幕，父親的拉力歐夜半時輕易便轉回日據時代——我匿藏於光陰皺褶，憂懼

好奇地窺探過往人事——大伯年少成家，婚後三天便被徵調上前線，隔一陣子於烽火中炸剩條腿被領回，伯母黯然改嫁不知去向。父親免當軍伕，實際生活卻比戰場還要殘酷。

聯軍飛機低空飛過，防空洞成了墳塚，背景頻頻拆遷，昏暗的史實潦草寫在祖先牌位。往事枯竭，讓人難以想像其中串聯的血脈，母親偶爾訴說著簡略版本，繁複情節於父親的深夜劇場被改編得熱鬧喧騰。

神明桌旁有張爺爺的獨照，泛黃光陰襯出他的清癯樣貌。母親提過爺爺以弄樓（弄鐃）維生。我曾好奇何謂「弄樓」？之後於喪禮中見著踩高蹺、咬桌腳、吞劍騎獨輪車等雜耍，才對爺爺的職業有些理解。

米甕上拋於空中不停轉動，爺爺嘴咬的木棍經常接不住，碰一聲陶甕摔落成碎片，尖利的日子越過越荒涼！奶奶穿著素淨長衫坐在另一頭，似笑神情含著悲苦。孩子接連出世，女孩只得送往他人籬下，男孩務必學習一技之長。

雲壓低視野無法開闊，我對爺爺奶奶並無印象，偶爾聽父親於夢中呼喊著多桑與卡將，音頻錯亂，模糊人事無法對焦，朦朧輪廓斷續自母親嘴裡拼湊一些故事。母親說奶奶有雙大眼睛，深邃眼眸經常盈滿淚水。雲更壓低，沙沙茲茲，記憶從時空縫隙滲出……

爺爺終究無法舉起激烈晃搖的米甕，破落屋簷底下滴滴答答。奶奶後來進了寺院，暮鼓晨鐘取代接連雨勢。父親站立熊熊烈焰跟前，一次次將鐵鋁鑄造成器具，臉上有髒汙也有拚搏奮鬥的神采……劇場燈光轉暗，往事靜止成一幅素描，藏於父親的黑盒子裡面。

　　布景又換，時有激烈風暴時而平靜，無從知曉父親持有的劇本——坤仔、阿菊、叔仔……父親夜半叫喊的是誰？濃重呼吸聲夾雜著激烈鼾響，拉力歐裡好幾齣劇場同時演出，有時他突然依哆依哆唱起歌來，近海遠洋各自翻騰，隱藏的情緒盡皆釋放出來。我藏匿戲棚底下，聽命運不明究裡的錯亂演出。

　　鐵鎚碰碰錚錚捶打相連的紙炮，煙硝瀰漫，露水滲透窗外，夜越濃黑，我昏沉的意識陷落至不明境地……

　　清晨廚房傳來煮食氣味，熱煙裊裊逐去陰暗，夜的悲愁及活躍精怪盡皆消散。父親向來不喜歡剩飯煮成的稀飯，生活卻總不符人意。我將背挺直拿好碗端坐在父親跟前，習慣忍燙不出聲音，將一碗稀飯稀哩呼嚕吞進肚子！

　　晨間拉力歐清了清嗓音，昨天飾演歹徒的男聲此刻正經八百地播報新聞。陽光照亮視野，往事隱藏花葉暗處，揹起書包行往上學的路，家門漸遠，背後平房縮成一個個黑盒子。

　　夜幕低垂，我又被拉回黑盒裡面，屋內桌椅移動、歸位，暫歇音頻又沙沙茲茲傳出訊號……

牆邊床位日益擁擠，夜裡經常不自覺踢掉被子。後來我被叫去和哥哥姐姐一起睡客廳的鐵床，無從再聽父親的夜半劇場，那裝滿聲音的拉力歐也不知哪去了！

　　烏雲聚集或散飛，陰晴布幕頻頻更換，至今抬頭向天，彷又聽聞父親說起那些年那些事……

原載《福報副刊》2020.2.26

細讀掌中紋

媽的手長年於肥皂泡裡搓洗，乾皺的手浮現出一條條紋線。之前和姐總喜歡趁著媽睡著偷偷打開她的手心，拿出小手在一旁比對著。姐常說，掌紋是天機，很多命運都寫在上頭，洞察其中便能看清人生的景況。姐說得玄妙並且斬釘截鐵，彷彿手掌一攤開，生命故事全在裡面。

姐平常話不多，說起掌紋的事便滔滔不絕。她常抓起我的手，如專家般在上頭仔細比畫著──她說感情線越複雜表示命運越坎坷，生命線則關係人的健康。說著便指著我手上的紋線繪聲繪影說：「瞧，這一橫便是妳小時候生的那場重病，媽說那時妳差點就死了！」

我睜大眼睛：「是這樣嗎？真的這樣奇妙？那我上回感冒有寫在上頭嗎？」

姐手指在我掌上切著畫著，陰陽五行跟著嘴巴不停叨唸，我自姐的眼眸瞧見日暈月影，風雨陰晴和閃電，一顆顆教人悲喜哀愁的星光瑩瑩閃閃……

　　姐比我大七歲，十六七歲便已婷婷玉立。那時村內男孩全都仰慕她，隔壁潘大哥和雜貨店鄭大哥是最殷勤的兩個。潘大哥個高長相斯文，像文藝小說裡的男主角；鄭大哥臉方眼小，勉強只能充當個配角。

　　姐的皮膚白皙，臉頰紅潤，渾身散發青春氣息。那時我和她同住一個小房間，五坪不到的空間擠著床、書桌及塑膠衣櫃。桌上堆著書和雜物，椅背掛滿衣服。姐上補校，晚上回家經常超過十點鐘，梳洗畢換好衣服，便見她坐在書桌前對著鏡子發呆。我經常自背後偷窺姐，看她微濕的髮絲順沿脖子，於肩膀與前胸錯落出各種流線。桌燈壓低，於姐臉上映出輕柔光彩，姐像朵含露水蓮，默默吐露出馨香。

　　我縮躺榻榻米上，兩眼昏眍，感覺床榻裡的小蟲於背後微微搔癢。

　　夜色一分分加深，從來不知燈光何時熄滅，更不知姐何時走進夢鄉，做什麼樣的夢？待窗泛白，媽的叫喚聲傳來，姐仍可繼續沉睡，我卻須揹起書包去上學。蜜蜂於珊瑚藤間嗡嗡繞響，蝴蝶前後翩飛，我兩腳不停前奔，身邊突然聽見：

「小停，妳姐呢？」潘大哥踩著雙輪，清朗聲音發自心扉，他明知道姐還在睡的呀！

　　再往前繞出巷口，鄭大哥一見我也忙詢問：「妳姐今天要上班嗎？」

　　從家裡到學校大約要走一公里，巷弄彎轉不多，竹籬與紅磚牆相對應。我雙腳如槳，於童年河中來回划行。路邊開著小野花，修剪整齊的小榕樹及九重葛妝點其間，牆上玻璃片閃耀著銳利光彩。而最搶眼的是那滿牆綠藤，一到歲末便爆出整面橘紅花彩。生命力量自牆裡穿透出來，豔麗色澤哄然鬧響，霹靂啪啦、霹靂啪，蕊心被陽光點燃，燦亮整樹後連著燃燒過的花瓣自枝頭跌落下來，映成滿地繽紛印象。

　　我斜揹書包，書包於腿側沿途擊打出趴趴趴的成長節拍。

　　學校鐘聲響起，媽匆匆趕往工作地點，姐這時也將起來梳洗，換好衣服出門。

　　姐國中畢業便就業，或許是這緣故讓她早熟，同齡少女還在學校，她已見識了社會冷暖。

　　月圓缺，姐未曾喊累，她習慣深夜坐於書桌前，攤開手心審視其中紋線，或將日記本翻開，拿著筆颼颼地寫

著。從她背後偷窺，只見字跡飛舞，筆劃相連團團似如迷霧。

潘大哥和鄭大哥仍於竹籬前徘徊，鄭大哥上回送我個塑膠娃娃，託我轉交給姐一封信。姐看了，沒多說什麼，答案似乎全寫在日記本裡頭。另一個假日午後，潘大哥在竹籬外喊叫，我趕忙奔出，潘大哥興奮指著天上彩虹要我看。

我正要歡呼，潘大哥卻問：「妳姐在嗎？」

美麗彩虹瞬間褪色，潘大哥高大的身影顯得異常遙遠。

姐頭髮一天天加長，微彎的自然捲散放綽約姿態，我粗硬乾裂的短髮纏結於後腦勺。

姐的日記一頁頁往下翻，我坐起來挺直身體，已能探著姐筆畫中的情緒。姐鏡裡的眼神時而潮潤，時而閃出謎樣光彩。

姐的手紋細碎，象徵聰明與貌美；我的粗如櫟木，姐不忍直說，後來知道那代表愚蠢貧賤。姐喜歡開啟手心端詳比劃，她說手紋同於木紋，良木通常有好的紋路，天象與人事相關聯，其中含藏玄機，姐按圖解說，命運故事一清二楚。有時我們擠在媽床上，硬將媽的手掌扳開，媽手中也有一面帆，回憶張開，周圍跟著搖搖晃晃。

姐的日記越寫越多，我的脖子越拉越長，姐似察覺我高漲的好奇心，不久日記本外加了一道鎖。

鄭大哥臉上冒出一顆顆青春痘，焦躁的神情、話語越來越明顯，他經常在巷口等候姐下課，一路陪著姐從公車站走往回家的路。月光移行，雲霧旋聚旋散，鄭大哥的殷勤於街坊間隨即被傳開。

　　那陣子我總感覺潘大哥怪怪的，看人神情不似之前熱絡。我認定姐不可能喜歡鄭大哥，至少在潘大哥和鄭大哥之間，她不可能做出那樣的選擇。很想開口問又不知如何說，兩眼到處尋找答案。

　　潘大哥沉寂一陣後又再復出。那個周末午後他在竹籬外喊我，我飛奔出去只見潘大哥手上拿了個風箏，他說起風了，問我想不想將它放上天空？

　　我看了看他，遲疑半晌，便主動到屋裡將姐也喊出來。潘大哥未料姐會出現，臉上露出欣喜緊張。他們自巷子走往村旁空地，一路上我刻意挑起輕鬆話題，從上學如何差點遲到講到老師被同學惹毛的趣事，尷尬氣氛於是解除。風吹著，潘大哥的語調逐漸揚起，他教我如何將風箏綁上線、如何助跑，迎風收放拉扯提線……

　　風箏越飛越高，我眼睛隨之穿入雲層，耳邊盈滿風聲，突然奇怪怎麼聽不見潘大哥的聲音，一回頭只見他和

姐在樹下聊得起勁，我的手一鬆，風箏掉落下來，纏在對街的電纜線上。

姐的日記鎖得越來越緊，後來連抽屜都鎖上了。媽看潘大哥經常出現，提醒姐若對人家沒意思就要明說，免得到時有人受傷害。

姐悶不吭聲，神情當中有著無奈，還有一些些的迷亂與陶醉。

我縮躺榻榻米上，姐的燈光有時伴她入眠，卻也常讓我覺得太刺眼。我閉著眼睛，昏黃光影中彷見鄭大哥及潘大哥於竹籬外走動，姐坐在庭園中梳著秀髮，我則躲在牆裡，一次次將頭探了出去。隱隱感覺姐的掌紋向外牽連，與周遭人的感情線結成細密網路。

姐註定走在我前面，吸引所有眼光與讚美。我仰頭看姐，感覺身上血液一半謳歌一半在抗議。

姐的日記寫得密密麻麻，我的心思也逐漸繁複，鄭大哥與潘大哥在竹籬外穿梭，而姐在乎的卻另有其人。鄭大哥於站牌下空等，潘大哥在竹籬外喊了幾次，每次都只有我出去。

「妳姐不在？」

潘大哥的神情難掩失望，攤了攤手上風箏黯然離開。

之後，竹籬外傳來另一種聲響，夜深濃，啵啵引擎聲自巷口傳來，而後停在竹籬外，半晌後，引擎再次啟動，竹籬門才緩緩地被推開——姐躡手躡腳地進來。

我佯裝閉著眼睛，兩耳卻偷偷豎立著——有時會聽見媽的聲音自牆外傳來——

　　「哪會遮晚？」

　　「和朋友有事！」

　　屋內沉寂，而後便聽聞姐細碎的腳步走動屋裡，水聲自浴室流進排水溝，隨而被夜氛給吞沒。一股馨香隨姐進房——我的意識昏沉，迷濛中似見姐頭包裹著毛巾，檯燈點亮，日記攤開，一天心事又寫下來。

　　後來鄭大哥的腳踏車載著別的女生，臉上青春痘更多更紅。潘大哥高中畢業後便到外地讀書，離開前的午後，他將我喊出竹籬外，我正要告訴他：姐不在。他則指著天空神清氣閒地對我說：「妳看，有兩道彩虹。」環顧天空，七色虹橋外圍，還有另一道霓彩。

　　媽的呼吸沉重，手心厚實卻少血色，掌紋深刻破散。

　　床榻裡的臭蟲常於夜半時蠕動，躺在上頭總覺得搔癢難安。媽的鼾聲斷斷續續，呼吸到一半便似哽住般。姐回家的時間越來越晚，媽懷著憂心睡睡醒醒，無人清楚姐的心思和感情。我瞪著上鎖的抽屜，很想撬開一探究竟，這股衝動藏匿心中，隨著夜行機車來來回回。

媽的手在洗衣板上磨出厚繭，十指橫生出深淺紋線，生活辛勞不曾稍減，背脊起伏著痠疼節奏。姐的交友狀況讓媽擔心，她忍不住要姐睜大眼。媽的語重心長姐聽了反感，一向溫柔文靜的她竟然憤怒起來。

　　那陣子姐經常對著鏡子發呆，不自覺地微笑或哭泣哽咽，淚水沾濕日記。我在榻榻米上跟著紅了雙眼，很想問姐——到底怎麼了？

　　日子繼續往前，機車聲在夜裡消失，姐臉色蒼白了好一陣，後來她換了本日記，不再上鎖。

　　媽將潮霉的榻榻米移出房間換成木板，騷動背脊的臭蟲從此消聲匿跡。

　　日後和姐偶爾會再將手心攤開，兩相比對那細密紋線。

　　炮仗花枝條油亮整年，一到年關，又轟地開滿整個牆面。媽的鼾聲持續交響，天明後，手心又不停搓洗，洗出一條條生命紋線。

原載《聯合副刊》2021.5.12

童年犬吠

　　新春期間冷雨過境，炮聲暗啞，熱絡人情瑟縮了好幾分。雨刷頻頻會合又分開，於窗前反覆畫出飽滿的一顆心。車輪飛轉，霧起雲飛，近嶺遠山水氣氤氳，惱人雨絲化身為美麗，一幅幅水墨畫面靈動眼前……驀地，前方的車緊急煞住，後頭應變不及，差點造成了危險。

　　怎麼回事？

　　路過車輛紛紛張大眼睛，只見分隔島前有狗死命狂吠，頭嘴倉皇抵觸後尾不停繞轉，慘叫聲夾混著雨勢傳進車裡，讓人心疼且不安。水霧如簾幕層層掀開，一隻隻狗兒自記憶跳出……

遙遠的童年時代，村子裡磚牆竹籬相毗連，宵小經常橫行，趁人不備便就闖入。印象中就有好幾次，放學回到家，門鎖已被剖成兩半丟在地上——小偷又來過了！貧窮的屋子一次次被翻開，家中徒然凌亂。

　　一聲聲「可惡的賊」自牆圍裡罵出，整條巷弄惶惶難安。而後身負防盜任務的狗兒陸續被牽來，犬吠聲隔牆相聞，共同護衛家園的平安。養什麼樣的狗多視主人經濟狀況——紅磚大戶多由體型壯碩的獒犬坐鎮，牠深居簡出，偶爾出門露個臉或吠幾聲，英挺姿態便顯露出能耐；竹籬人家養不起名犬，看家任務往往交由土狗來擔任。土狗身形、食量適中，堅忍刻苦通情達意，兇狠起來齜牙咧嘴，威嚇歹徒的氣勢也不弱，是最常見的看門狗。

　　記憶中家裡曾養過好幾條狗，而讓我印象最深的是那喚作 Lucky 的黃土狗。牠一來尚未禦敵，便先嚇著了我。放學回家開門見牠利齒露出，肚腹發出恐恐吼音似要衝撞過來，我便驚退門外，等媽回來才敢進家門。

　　Lucky 身體瘦長，一雙圓凸眼珠子黑夜裡閃著青光。牠白天守著空屋，晚上捍衛我們的睡眠。夜越深濃，看家的考驗越嚴峻，Lucky 耳貼地面，一點動靜便敏銳豎起或迎向聲源動呀動。

　　那時爸經常晚歸，雙輪喀喀轉動沉寂夜氛，被驚動的狗兒紛紛跳跟起來，沿路追著爸猛吠。爸加夜班一身疲

累，回家的路卻極坎坷！月亮越過天空卡在屋頂，星光一顆顆怒瞪眼睛，狗越狂吠，爸雙腳踩踏得越急切。

牆外群犬激動，Lucky 在牆內跟著吠叫。

「Lucky──」爸門未推開，便先斥喝。

Lucky 初時不解，兩眼焦急憤怒，被斥責幾次後，便認識爸這夜歸的主人，從此更加警醒，既要留意牆上動靜，更要分清親疏善惡。

Lucky 的毛既短又硬，摸起來並不舒服，我後來雖然不怕牠，亦無法將牠當作親密玩伴。窮苦人家無所謂「寵物」，人活著必須辛苦工作，狗也得克盡職責。Lucky 神情嚴肅，削瘦臉龐毫無閒情逸致，一條細鐵鍊牽連著脖子，稍微激動起來便被緊緊地勒住。簡陋屋簷下缺少美味，肉食不多大骨罕見，醬油菜湯用來拌飯，便是牠維生裹腹的營養。

爸於鐵工廠擔任鑄工，於熾烈火爐前滲流汗水，鐵馬支拄一身硬骨日夜往返，生活於城鄉間顛簸搖晃。為防範路上惡犬驚擾，爸出門索性隨身帶了根木棍，進村見群狗迎面衝來，他左手扶車把右手拿起棍子拚命揮。狗似狂濤，爸手上木棍如槳用力划，沿途險象環生。

路燈束手旁觀，爸連著鐵馬的身影倉皇奔行，竹籬門扉咿地被推開，Lucky 睜眼欲吠，爸一聲遏阻，Lucky 即刻噤聲乖乖趴下來。

白天家裡無人，Lucky 自己守著四壁與門窗，傍晚我放學回來才得牽牠出去溜一溜。各家的狗多半這時候碰面，牠們遠遠對望、相互聞嗅或倉促擦身而過，聲息氣味盡在不言中。

　　工廠鑄模那幾天，爸最累最辛苦，返家時全身髒汙，Lucky 初見吠幾聲，一聽爸發出聲音，便哼哼搖兩下尾巴。簡陋屋簷下，一張鐵床前橫放幾張椅子，Lucky 行走其間或伏在一旁瞪著我們看。爸的話不多，吃飯時坐在矮桌前舉動筷子，半張著嘴咻咻喝湯，燈光自頂上照下，爸的影子連著桌椅，我在另一頭將課本前後翻著，光影搖晃，字跡於眼前跳動起舞。

　　爸於烈火前工作，冷不防熔漿溢出便被灼傷。爸負傷回來，臥躺床上讓媽將藥水往他身上塗，刺痛感自皮層穿進肉裡，又在紗布上滲染出血跡。爸習慣傷痛，他常說這傷不礙事，他明兒個就要去工廠，身體一動，眉頭又皺縮成一團。Lucky 抬起頭愣愣瞧望，神情跟著黯然。

　　那回爸好幾天無法出門工作，成天待在家裡，空蕩的屋裡白天就剩他和 Lucky。聽門外有人，Lucky 輕吠、起身，到門邊瞧了瞧，搖搖頭旋又蹲伏爸身邊。夏天悶熱，即便前後門敞開，空氣仍然不流通。

「這樣下去怎麼行？」爸心火越燒越烈，Lucky 豎起耳朵，眼珠子跟著轉啊轉，身體更靠近爸一些。

　　竹籬外，犬吠聲時而稀落時而尖厲連續，Lucky 兩耳隨時都張開。屋內風扇繞轉到底，卡一聲抖往另一頭，繃帶下的血跡逐漸變淺，傷口凝為疤痕。晚上爸呼呼睡著，我則伏在案前寫功課，昏暗光線下，方格裡的字盡力挺站起來。Lucky 蹲在一旁，時而抬頭望著我——我伸手摸摸牠，感覺那直硬的短毛柔軟了許多。

　　爸療好傷便急著登上鐵馬，喀喀重返工廠。朝陽升起復於西天拖行，為竹籬與紅磚牆糝上一層亮光。放學後，總等不及要回家牽 Lucky 出去透透氣，鐵鍊一拿起來，Lucky 便激動興奮。我牽著牠或讓牠拉著向前跑，風迎面拂滿一身。巷底空地長滿雜草，鐵鍊一鬆開，Lucky 便向當中跑了去，於其中奔跳翻滾或和裡邊的小蟲玩著迷藏，驀地眼前荒地似如原野，Lucky 是愜意的小羊，我不禁哼起歌，Lucky 似乎也笑了。

　　回到家，Lucky 便又嚴肅，竹籬外黑影幢幢，隔壁小偷剛剛來過，一時間，整條巷子又風聲鶴唳起來。Lucky 的短耳如劈竹，一點風吹草動心神隨時都緊張。據說小偷蒙著臉拿布袋，看哪家有機可趁便就闖入。那天，門鎖又被剖開，而家裡好端端地沒被翻動，媽說是 Lucky 夠兇，小偷即便進門也不敢輕舉妄動，說著便在 Lucky 的碗裡加了根骨頭。

我摸了摸 Lucky 額頭，突然替牠擔心了起來。

　　火舌繼續燒，爸將熔漿倒進鑄模當中，氣泡忽地冒出，整批成品被退回。老板臉色泛黑，爸的汗水滴流一身，他咬緊牙關，將做好的器物丟進爐裡，鐵、鋁一次次熔解、再凝結。

　　夜氛漸冷，爸的鐵馬迎風打起哆嗦，等在巷裡的狗兒聞見車聲習慣追跑過來，對著轉動車輪接連地吠著——爸呿喝幾聲，兩腳用力踏踩，狗才意興闌珊地散開。天越冷，路上的狗越少！據說狗肉滋補，一黑二黃三花四白，不同身影被區分為各種營養等級，入冬後，狗兒便遭遇嚴重的生存危機。突然間，牆外多了另種可疑身影，我於牆內緊看著 Lucky，一如 Lucky 守候著家裡。

　　媽拿了件舊毛衣鋪在地上讓 Lucky 取暖，竹籬於風中咿咿晃晃。我在矮桌前寫功課，Lucky 倚在我腳邊。手寫筆畫越來越多，鉛筆一分分縮短。燈火昏暗，自濛濛的窗望出——月黑風強，彷見獵狗者一手拿棍子一手緊抓著布袋，頑強身影於巷弄逐漸加大，狗被逼至牆角，厲聲尖叫，四腳胡亂地踢著，而後一陣棍棒狠狠急落，布袋裡不再掙脫。熱水滾沸，一身皮囊被剝開，陣陣教人非議的氣味於村子裡傳開。

一起寒流，無數狗魂莫名被吹斷，鬱鬱冤仇持續迴盪，慘吠聲傳出，四處幽怨相接連。我伸出兩臂將 Lucky 緊緊地抱住，深切感受牠流動體內的溫暖及那撲撲驚慌的心跳。

懸疑的冬天緩步離開，天候一天天暖和，窗門紛紛開敞，鄰近的犬吠聲又傳過來。而爸上班的工廠開春後突然歇業，爐火不燒，勤勞肢體無處工作，爸於是又騎著車到處尋找可做的活。人情炎涼，爸四處碰壁，回到家比加班時還疲累。Lucky 靈犀感應爸的情緒，那陣子牠和我都謹慎安分。

「或許可以做個小生意！」媽的聲音於夜裡響起。

爸沉默不語，媽的聲音繼續：「看是要賣棉花糖還是雞蛋糕，本錢和技術都不會太多。」

媽每提到一種行業，我眼前就浮現爸沿街兜售的情景。夜氛漸濃，想像中的棉花糖終究不曾生出，雞蛋糕也沒機會發酵，爸的鐵馬繼續繞轉，宵小提著布袋經過，Lucky 壓低吼聲，眼底閃耀銳利青光。

爸找著另一家鑄工廠，烈火再燒，汗水流滿全身。那年家裡有了第一臺電視機，空寂屋內揚起熱鬧聲響，條條

彩光自映像管射出，Lucky 張大眼瞪著那神奇的小框框，初時吠幾聲，而後便見怪不怪。

爸將細沙勻平，熔漿小心倒進鑄模，心血精緻地呈現。

光影跳躍，電視裡的對話於屋內傳響，牆外偶爾傳來一聲聲犬吠。夏天，瓜藤於竹籬上開出豔麗黃花，誠意盛放後悄然落地。我彎腰將那花兒撿起，順手插往 Lucky 耳邊，驀地牠嚴肅的臉變成可愛，我拉著牠便往小空地奔去。咸豐草裝束整齊，置身草叢隨風搖曳，Lucky 於草間來回奔跑，舌頭呼呼伸晾出來，幾隻經過的蜂蝶穿繞眼前，暑氣隨著晚風被吹散。

而最清涼的應是颱風到來那幾天，天陰沉，老天鼓脹雙頰猛力吹吐，庭前竹籬應聲倒地，窘迫的生活露了出來。水不停上淹，眼看鐵床將如小舟漂浮，媽急拿水盆、桶子到處接。Lucky 站在椅子上，兩點青光於黑暗中流轉，風雨交響，到處一片濕淋淋。

惡水消退後，竹籬又站起來，黃花吹奏，條條絲瓜烘暖掛出。

新鋪柏油蒸騰燙腳熱氣，雙輪彷要被熔化了一般。爐火繼續燒，爸的技術敵不過機器運轉，訂單越來越少，颱風剛過，景氣寒流接著到來。生活一艱難，宵小又猖獗起來，胡亂將老鼠藥丟進牆裡，狗兒好奇吃進肚子，吠聲便嘔吐成白沫。

忠誠被毒害，一聲聲「可惡的賊」又狠狠罵出，巷弄裡群情激憤。

　　那晚牆外傳來拉長犬吠，悲哀如相連的海螺聲，通靈愁怨讓人不寒而慄，Lucky驚懼著臉色躲在角落。

　　竹籬圈圍歲月，黃花吐蕊，過熟絲瓜鬱結一身纖維與種籽。亡故的狗隨記憶流走，新狗一隻隻被牽進來。日影更換，Lucky的腳步漸地遲緩，牠目光雖然渙散，脫毛耳朵卻仍警醒。風吹依舊，Lucky與我散步荒地，Lucky這裡聞那裡嗅，嘴裡嚼咬起來。我哼著歌，抬頭環顧著周遭，突然Lucky不停地嗆咳，肚子猛脹縮。我瞪大眼不知如何是好，一陣激烈痙攣，Lucky肚裡的穢物全部吐出，虛脫地癱躺地上。

　　Lucky──Lucky怎麼了？

　　我驚嚇得欲要哭出，伸手搖了搖Lucky的身體，不久Lucky喘了一下又站起來，和我慢慢走往回家的路。

　　那晚Lucky的碗裡多一塊肉，我把最喜歡的鳳梨也給了牠。

　　爸在犬吠聲中回返，Lucky聞聲到門邊搖幾下尾巴。鐵馬吭地停靠籬內，月光乘雲飄過，爸和媽的對話低聲進行著。爸說工廠隨時就要關了，一定要改做別的！

做什麼呢？

Lucky 豎著耳朵，提防牆外宵小伺機進來。

廠房爐火終究熄滅，爸輾轉至學校的實習工廠當技佐，守著象徵性的爐火與技能。

我學校的功課漸多，放學後總記掛著要帶 Lucky 出去溜溜。那回自空地走往回家的路，Lucky 見一陌生人騎車經過，便狂吠起來向前衝，未料另一輛車急駛過來，正好將 Lucky 給撞著。

Lucky ！

我驚聲叫喊，聲音凝結空中，鄰近犬吠不斷傳來⋯⋯

Lucky 被裝進紙箱，眼睛微張、嘴牙無力地咧開。

跟著爸一起用腳踏車將牠載到荒地，幾朵黃花陪伴，土泥一層層覆蓋⋯⋯

晚風吹來，四圍雜草搖擺不停，回家的路一片沉寂。

陽光自雲腹透出旋又藏匿，雨刷輕搖，彷見 Lucky 跟其它狗兒伏臥雲中，時起身隨風奔跑，與雲絮一同消失天之外⋯⋯

雨又下了起來，靈動眼神持續環繞⋯⋯

原載《中時副刊》2016.12.12~13

饞渴歲月

　　童年竹籬上掛有豔黃絲瓜花，溝旁有蚯蚓、鐵籠裡則有羽翼漸豐的雞鴨，而能入口的零嘴畢竟不多！放學回家，面對寂冷空屋，即便溽暑仍有飢寒交迫的感覺！

　　我想要吃東西！

　　這念頭長存心底，成為隨時欲要實現的願望。那時經常幻想自己擁有一只聚寶杯，想吃什麼杯裡便會生出——餓時有麵包、口渴有飲料，所有想得到的食物皆在裡面。世上真有這樣的杯子多好！而事實不然，廚房裡除了醬醋油鹽外什麼也沒有，兩眼乾瞪出煙硝，架上仍然空空如也！餓鼠徒然磨咬癢齒，嗜甜螞蟻將砂泥看成糖粒。巷口柑仔店的玻璃罐內裝有各種糖果，圓形放射狀條紋、紅白綠相配的長方形軟糖……我心底時時盼望能有一顆糖，為生活增加甜味與彩色。

柑仔店老板挖空心思提供各種誘惑，炎夏時酸梅湯裝進小彌封袋，結凍後撕開來舔舔解乾渴；或將冰塊撒上白糖，剝幾顆葡萄加入，清甜滲出，美麗色彩吸引同學爭相買食……而我只能一次次強忍，三餐已經不易，其他一律免談。

被遺忘的香蕉

　　絲瓜花裡匿藏螞蟻，花粉帶著甜味，一隻隻倉皇身影彷彿含著微笑表情。天天帶著鑰匙出門，放學後回到家裡，經常嘴饞得受不了。一回不記得誰送來一串香蕉，母親順手將它掛在牆上，我天天抬頭瞧望，見綠皮漸地轉黃，空氣融出甜味，感覺那一根根香蕉不斷向我招手，如起司誘惑著老鼠。忍不住趁家中無人時拆下一根大口嚼進肚子，為怕被發現不忘除去果指上端，並將香蕉皮隱密收藏。

　　隔天再從另一邊扯下一根，初始幾天有些心驚膽顫，後來爸將外套掛往牆上，那串蕉從此在屋內隱形。那陣子我放學總迫不急待回家享受美食，同學來時還表演自牆上變出香蕉的魔術，生活好是富足！

　　而甜美的日子畢竟不多，一天家裡突然有人嚷喊：「之前不是有人送了一大串香蕉嗎？」

　　我甜昏的意識當場被猛敲一記。

「對啊，怎麼都沒有吃到？」大人的記憶即刻被喚醒，一旁的我青白了臉色。

斗篷被掀開，兩根黑爛香蕉垂掛牆上，所有目光集聚向我——

「我——我，真不是故意的！」

可爾必思的滋味

起司被移除，老鼠繼續守著貧脊洞穴，絲瓜蒂上的蟻群胡亂奔竄。

想念著甜，思緒頻頻撞牆。柑仔店老板又推新品，紅豆綠豆裝在小鐵杯製成冰棒，豆子融糖幫忙解饞，而我身無分文亦無福享用。尋常的日子少有甜蜜，汽水沙士節慶才有，紅茶咖啡則是奢侈品。

甜食誘人，令我難忘的還有可爾必思的滋味。

據說可爾必思甜中帶著點酸，母親節大姐買回來一瓶，玻璃瓶外包覆類似大麥町狗的白底黑點圖案，高雅包裝更添美味聯想。而它一直被擱置牆邊，我目光不時於其四周轉繞，舌尖巴不得能夠探進瓶內。

夏日骨溜便過了一大半，卻無人提議打開來品嘗！

難道要等到中秋或過年？我於心裡頭乾著急，要等到幾時呢？時髦瓶裡到底裝盛什麼？酸與甜如何融合分解，諸多想像嚴重困擾我，如何壓抑亦消除不了高漲的好奇心。

於是趁家中無人走到牆邊，小心褪去瓶外包裝，撬開瓶蓋，將那神祕汁液倒了些出來。總算喝到了，那酸甜滋味似會黏附舌頭，復經咽喉滿足所有張開的渴望，讓人意識不覺微笑起來。

過幾天大姐回來，和母親閒聊時突然想起有瓶可爾必思還沒喝，便提議打開來品嘗。大姐順手撕開外紙，拿起開瓶器叩一聲輕易開瓶。我暗自鬆了口氣，等著光明正大多喝些。饞舌正要吐出，卻聽到大姐啊一聲嚷道：「內底哪會有狗蟻？」

母親和我同時將頭湊到瓶前，果見瓶內黏了一圈螞蟻。

「哪會按呢？明明沒開過，就有狗蟻走入去！」

「這不提去和伊換哪會使得？」大姐義憤填膺，我緊咬著下唇，心底焦急不已，想要說出真相卻吐不出半個字，眼看著姐氣沖沖騎上機車去找店家理論。

我內心翻湧起狂風巨浪，冷汗直流，祈願店家息事寧人。

不到一小時，大姐氣急敗壞地回來，手上仍提著那瓶可爾必思：「頭家說是咱開ㄟ！」

「賊卡惡過人，沒意沒思！咱沒代沒誌哪會去打開？」母親亦氣憤起來。

「我說沒，頭家說一定有，嚷得路人全圍過來！」大姐激動得紅了眼眶！

「咱哪會去開？啥米人會去開？」姐和母親環顧四圍突將臉轉向我——「妳有無？」

　　我退到牆邊，渾身顫抖，不得不點頭——

　　姐與母親同時光火，兩人一同走向我，我的身影越縮越小，巴不得穿牆潛逃……我恨自己，更恨那嗜甜的螞蟻！

　　　　　　　　　原載《自由副刊》2014.7.6

捕鼠年代

　　一管竹子剖開有多寬、紅磚堆疊的牆有多厚？其實我並不清楚！

　　家住永康眷村那時，後院的陰溝經常發出惡臭，溝水自隔壁匯來再流往下一戶，藩籬間隔生活卻相通連，周遭瀰漫濃濁的生活氣息。

　　上小學時牽牛花總為我吹起晨間進行曲，陽光曬在背後，書包裡的鉛筆與橡擦隨著前進腳步蹦跳，課本、筆記橫三豎四著。路邊扶桑花神色飛揚、車前草直挺著穗狀花，蛇莓的紅果子很誘人……沿路左瞧右望，處處驚喜，直路幾經轉彎，等接上寬闊階梯便進校門。

　　上學純粹只為了玩耍，流行童玩於課間倉促擺出、驚慌收起；或在上課鐘響前於教室、操場間到處奔竄，一次次氣喘吁吁然後平復，於師長嚴厲目光中閃閃躲躲，復於昏眍中強打起精神，等待下課鐘的救贖。

放學時背著書包跟在路隊後頭，三兩個彎轉隊伍散亂，同學陸續消失，我也回到家門。推開籬笆門，走過與客廳通連的房間，後院兩根 Y 型立竿橫撐起一長條竹竿，爸的長褲一腳穿入，另一隻拗折懸空、我的藍色褶裙兩根吊帶被夾開、衣衫聯手、長短襪並列，任由炎陽與風沙親吻摩挲。晾曬的裙襬與褲襠底下有大小雞隻互啄搶食。從屋外連出的水泥地伸延至溝邊，溝旁整片泥土，倨傲的番鴨偏愛扭搖屁股越溝前來拉屎，一灘灘帶有顆粒的水墨潑灑地上，滋滋畫出最新的勢力版圖。

　　戲耍整個早上的雞鴨，這時縮藏泥地半睬著眼，一副無辜疲憊模樣。無從查明一地髒汙到底是誰的傑作，便接水管以長刷清潔起來。穢物流進溝裡，抬頭但見雲在天上，一塊塊灰白素樸圖案移動變化著。

　　紅磚、竹籬並不隔音，隔壁小兒診所時有哭聲傳來，右邊潘媽媽及後頭那戶不認識人家則有麻將搓洗聲流出。蚯蚓藏在土裡，遲早會被拉出吞進肚子，麻雀經常飛來，吱喳數落繁雜的瑣事。

　　如常日子讓人心安，泥地上卻總見著雜沓腳印，自現場跡象推想稍早發生的事——陽光穿透雲層，風時來告狀，公鴨看似霸悍其實軟弱，母雞只會嘮叨，小雞貪玩懶惰……真正使壞的——應是那藏躲暗處的灰鼠。啊！牠們老是群聚天花板上或明目張膽地出沒，藏匿溝邊的奸邪眼神隨時就要竄出，囓咬嘲弄人的輕忽。

我痛恨老鼠，基於一種屢被侵犯卻無從復仇的不平心理！

　　七〇年代鼠患嚴重，滅鼠已成全民運動。里長伯一段時間便會分送老鼠藥至各家，母親擔心雞鴨誤食不敢擺放，便任由鼠輩與家禽共存。那天回家，遠遠便見一具鼠屍橫躺後院──我瞇眼不敢直視，啊！應是他處服毒來此發作的吧！番鴨母雞一臉無辜，小雞跳近啄兩下旋即逃開，院裡瀰漫懸疑氛圍。蒼蠅迴繞，鼠屍咧咬著痛苦，熾烈陽光同時進行腐爛與消毒。

　　學校極力提倡滅鼠，只要剁一條鼠尾便可換取五毛錢獎勵。五毛錢可至雜貨店換三塊餅乾五顆糖，饞餓至極的我迫切需要這滋養。我瞪著那鼠，目光停留在牠腿後的長尾巴上──心想著要如何將它取下──連忙至廚房取來菜刀，持刀的手不停顫抖，啊，砍下，只要一刀，糖果便能入口──深呼吸，讓刀鋒接近即可。我鼓起勇氣將刀拿近，似聞飛蠅嗡嗡抱怨，一旁雞鴨不知嘰嘰呱呱喧鬧些什麼！菜刀沉重如斧，幾次想要放棄，終究瞇眼對地上猛使勁──控一聲，水泥地被我失手剁裂一角，一截鼠尾巴跟著被砍下來──啊，成功了，我完成了不可能任務！屏息將它裝進摻石灰粉的塑膠袋，等候隔天到學校領賞。

　　夜裡，天花板內仍然碰碰鬧響，兩眼一閉上，放大的鼠目便怒瞪著我。

五毛錢的糖果入口即化，生活持續渴望甜味卻也暗藏著各種擔憂——怕天雨來不及將晾曬的衣服收進屋內、怕母雞踩破自己生的蛋、更怕牠莫名地死去。

　　紅磚牆對應著竹籬，陽光、月亮不請自來，照見各家悲喜。

　　那時我對「生存」的意義毫無概念！直覺「我」是張必須持續填滿的畫紙、是天天醒來仍須面對的那些事、是每晚蓋著的那條被子、是最早映進屋內的光亮……；有時覺得我是跟在哥哥姐姐後頭的影子、是被要求不哭不鬧的討厭鬼；或許「我」似如一張桌子或椅子，有時空著有時必須承載一些重量與壓力。

　　家是孩子的另一片天，晴天或雨由不得自己作主，天陰沉，屋簷底下跟著簌簌飄起雨來，心底於是泛起一些些潮濕。

　　日子無聲溜過，垃圾場裡常見老鼠屍體，水溝側邊仍有窺視目光。竹籬擋不住風塵，也防止不了宵小入內。月缺或圓，時被烏雲阻擋，那天半夜又聽姐哭喊：「有人進來家裡！」

　　爸自床上跳起，拉開紗門拿起牆邊木棍就追出去，姐嚷道：「跑走了啦！」「怎不早點叫聲？」爸爸氣急敗壞！

　　姐紅著眼聲音抖顫，喃喃說道：「我會怕！」

那天起夜晚滿是空隙，紗門被風吹動黑影潛入，我屏息不敢稍動，憑姐的描述感覺黑衣人自床邊經過，踅至爸媽房內，手伸進爸掛在牆上的褲子，將皮夾裡的鈔票抽了去……

　　「啊！爸，有人——有小偷進來了啦！」想要喊叫，喉嚨卻被緊勒著！

　　有好一陣子黑夜籠罩著恐懼，待入夢或等天亮才得救贖！

　　牆角老鼠昏睏了嗎？院內雞鴨可得安息？

　　那回父親皮夾裡的現金連著身分證全被竊走，紗門裡頭再次傳來氣憤，媽斥責說：「再怎麼熱都不該開門睡覺？」姐悶聲不語，我不敢說我常冒一身冷汗！

　　日子向前，小鼠長成大鼠，我心持續藏著祕密與擔憂——怕小刀不慎割著桌面、怕腳粗心踢壞茶几、怕——唉！唱針吱地劃過黑膠唱片上的迴圈、功課沒寫、考壞的卷子……我常在想——院裡的雞不生蛋是否跟老鼠被謀害有關？

　　五毛錢的獎勵結束了，溝裡的目光閃爍得更頻繁！

　　溝水停滯，黑泥必須疏通，枯葉、敗草，還有那不知何時落難的老鼠屍體。積累的惡臭被鏟開，水溝流通一陣後又漸緩慢，牆上時有黑影翻越，牆下鼠輩吱吱叫著……

恐懼如影隨形，向前踩出，時被陽光迎面吞噬又悄然生出。後來我與老鼠不常見面，莫須有的恐懼仍藏心中，等候排除。

青春電影院

　　不記得第一次進電影院是何時？七〇年代的臺南二輪戲院不須對號入座，驗票亦不挺嚴謹，即便已上小學，彎駝身軀、趁著人潮擁擠仍可混進戲院。口碑好的片子二輪時仍吸引大批觀眾，戲院兩旁及後排走道常被擠得水洩不通。高矮身軀架著一雙雙執迷目光，我高不及人肩膀，只能自其肩頸縫隙窺探前方。

　　正值青春期的姐對電影有著複雜情愫，關於異國風情、愛戀情傷皆有強烈感受。我跟著湊熱鬧，姐不知我能看懂理解多少，正如我不明瞭她心裡在想些甚麼。

　　那時對電影還一知半解，直覺電影布幕是口超大袋子，可裝進整座都會森林、亦可承載成千上百人，裡頭有歡笑、淚水、歌聲和舞蹈，不解的是被槍彈擊中那人是否真死了？或者他剛好要往生……諸多疑惑纏繞腦際，添加

電影的神秘感。每看一部電影，腦裡便加進許多新面孔、不同思維與疑惑塞得滿滿，未及消化又再累積。

　　不論如何，看電影是拓寬眼界的方便之門，冰天雪地、國外風光，猙獰或美麗、曾經和未及想像的場景皆在裡面。電影院是成長過程中的另一學院、爲活動故事書，供人於各種情境任意穿進穿出。

　　「答答答⋯⋯」膠捲電影放映機迅速轉動齒輪，每秒捲動三十六張底片，有時影片突然中斷，只見布幕上劍已出鞘、淚流一半、激昂慷慨情緒瞬間凝止住。闃黑座席驀地亮起燈，滿場混亂噓聲四起，被迫回神的意識面面相覷──今夕何夕，你我身處甚麼場景？奔跑一半的大草原、身陷的泥淖、匿藏未顯的恩怨情仇懸於半空⋯⋯待機師緊急修繕，輪軸將膠捲再次接上，現場才恢復平靜。

　　斷片純屬意外，當時還有另種未按牌理出現的狀況也常發生，錯接影片，甚有超越尺度的片子流出。後者造成尷尬，現場一片鴉雀無聲！粉橘色赤裸畫面、未成年者的禁忌、平常父母師長絕口不提的逾矩情境直露眼前，讓人措手不及。出了戲院，姐連忙提醒我回去千萬不要亂說，並叮囑以後遇到這種場面，記得要將眼睛閉上不要看！

那時候戲院不清場，可任由人接連看好幾場。院內飲食亦無限制，座位底下常散落果皮塑膠袋。有時戲正糾纏，突聞玻璃瓶滾動的鏗碎聲響自一方傳來，帶著青厲刮傷及爆破想像於地上轉幾轉然後停止。大銀幕裡的情節繼續，臨時更換姿勢的翹腳伸回原處，又乘光影回到非洲草原或武林沙場……

　　二輪戲院提供常民休閒，男女老幼齊聚，座椅牆角暗裡滋生各種生物。戲正精彩，渾然忘我的腳邊突然感覺一陣毛茸移行觸角，不去理會卻仍持續，伸手一摸——啊！欲高聲尖叫又強忍住——銀幕裡的叢林蔓延到場邊。午夜場或平日觀眾較少的場次，冷清座椅底下時有不明黑影晃動，定睛一瞧似有若無，周圍長音短聲交響，吱吱叫聲自後頭向前奔竄、或從左邊急衝另一邊，鼠輩大團圓或群集決鬥，現場饒富另種聲歷聲效果。

　　電影是面巨大視窗，疊映我時而跳躍時而停滯不前的成長，一雙眼對著巨幅銀幕，心神跟著敞放飛出，飛回時視野又開闊了好幾分。猶記《真善美》〈小白花〉歌聲傳響，天青草綠，陽光照出對生命與自由的嚮往，溫暖歌聲植下美善種子，讓人於困頓中仍然懷抱希望。

　　那時全美戲院多映洋片，國華主放國片。李小龍掀起功夫片熱潮，青少年人手一組雙節棍，不時甩動胸前，發出吼吼叫聲。猶記得父親帶我去看《精武門》，片中李小龍飾演的陳真不甘師父受辱，將「東亞病夫」匾額送回虹

口道場，獨自以迷蹤拳和雙節棍打敗全場武人，離開道場步至公園，見「狗與華人不得入內」告示牌，凌空將之一腳踢碎。愛國行徑大快人心，現場一片激越叫好聲，那歡欣場面，我至今仍然記得。

　　民風半開，一切仍是禁忌，關於情愛，只能透過電影情節胡亂拼湊。腳踏車喀喀轉繞，雙腳於街坊走走停停。之後我從家人的小跟班逐漸擁有自己的交友圈，「跟同學去看電影」成為長大的另一指標。大白鯊於銀幕裡張大了嘴、超人在詭譎星空、樓層間飛竄、《楚留香》自電視搬上大銀幕、《射鵰英雄傳》出了續集……排坐銀幕跟前，看成長潮浪波波翻湧，心思跟著鷗鳥振翅、隨雲飛遠……

　　高中時搬至新町，臺南馳名的戲院幾乎聚集那附近——友愛街的南都與南臺、金華路的統一、綜合大樓的王后與王子，而我較常去的還是國華。七、八〇年代國片多有悠揚主題曲——我是一片雲、月朦朧鳥朦朧、小城故事、原鄉人、假如我是真的、就是溜溜的她、聚散兩依依……電影情節隨著歌聲流傳，懵懂年少漸地成長。

　　《光陰的故事》上映時，我已離開故鄉，自另個角度觀望戲裡戲外，而記憶中的電影院持續演出，黑白或彩色、歡喜與悲傷……

原載《福報副刊》2022.5.24

轉學生的天空

新同學，爛國語

　　小貨車靠邊，司機一聲吼叫手煞車隨之拉起，我和一袋袋雜物被卸下來，身上仍存同學送行的擁抱餘溫，另一片竹籬便入眼簾。

　　鍋碗瓢盆重新歸位，鐵床斜對門口，一大塊花布半遮著破紗窗，不記得這是第幾回搬家，轉學卻是頭一遭！

　　隔天大姐帶我前往附近的國小，沿矮牆邊的小路下幾個階梯，平房向著不遠處操場，紅白日日春於花塢裡漂亮笑開。我穿著舊校制服，頭戴橘色帆布帽，低著頭不敢瞧望周遭。一女教師出來將我帶進教室，於黑板寫上我的名字，介紹我是新同學後便繼續上課。

　　我脫下帆布帽，自書包拿出課本，翻開老師正上著的一頁，手抓著筆不知如何使力！鄰近同學趁老師轉身時投來好奇目光，我平視前方佯裝鎮定，心底卻忐忑難安。

下課時同學紛來找我說話或熱心要帶我去廁所、福利社，隱隱感覺各種力量相互拉扯。女同學頭髮披散、紮著馬尾或長辮，皮膚有的黝黑有的白皙。一張張寬狹臉蛋於我面前不停排列組合，如撲克牌發出、收回，重再發出……不消幾天漸可感知哪個嬌貴哪個隨和！

李英住離我最近也最熱心，於班上卻明顯不得人緣，她一纏我，同學靠近的便少；徐蕙顯然較受禮遇，老師常喚她幫做事情。我無意與人爭勝搶出風頭，只盼不要引起注意不要惹事，謙遜臉上寫著我是新同學。男同學刻意與我保持距離，或故意挑釁試探我的反應。

「妳講話的腔調很奇怪耶，妳是哪裡人？」那制服穿紮整齊，唸起課文字正腔圓的男生率先拋來一顆震撼彈。

「奇——奇—怪？」我脹紅了臉，臉頰灼熱到耳根——我的國語不夠道地，輕易便洩露出弱點？之前也讀眷村學校，一開口自旁人目光便覺哪裡不對——兒時至雜貨店購物的挫敗景象又再映現——

「啥豆油？我們這裡沒賣豆油！小妹，我給你講——」雜貨店老板故意模仿我的腔調，「轉去問乎清楚到底要買什麼再來！」

我忙指著架上黑色玻璃瓶——「係這——」

「這是醬油啊！」

是——醬油，我就是要買這個！

手提醬油瓶，沿途迴身側轉希望將地上影子給扭正，而它卻總轉向另一邊。顛簸的路來來回回，小石子不斷被踢起砸到痛腳，光影轉繞，日子持續向前。

　　我強令自己改掉啊與哦齣尾音，張大眼，微笑，點頭。紅磚牆對著竹籬笆，水泥牆上的玻璃片閃著銳利金光，眼光滯留可能被割傷。我於心底鼓足勇氣，翻越過去，越自卑越須訓練自己的彈跳能力……

　　「妳是哪裡人？」

　　「哪裡？就家裡啊！」我從未思及這樣的問題，而這回答即刻引來同學的取笑：「哪有人是家裡人，我是問妳本來的家在哪裡？」

　　「本來的家？之前——現在？」我哪裡知道，小貨車開那樣遠，我哪知道自己從哪來，現在又在哪裡？我脹紅了臉忙著解釋，卻不知自己焦急為哪樁！同學接連一氣的笑聲讓我覺得無地自容，烏雲圍聚，感覺自己將被淋得一身濕。

　　想要活潑開朗，手一張觸著不明外力，便如含羞草般將自己縮藏起來。

　　學校推行說國語運動，講臺語將被登記，累積太多教室外會被掛上黑色狗牌，上頭寫著「我要說國語！」同學紛紛看我，我覺得好冤枉，在學校開口說話總戰戰兢兢，哪敢輕易觸法！

臺語被禁止也成玩笑，而真正嚴重的是同學掛滿嘴邊的髒話，漫天穢語激烈交鋒，你來我往，如籌碼拚命上加，烽煙四射，身處亂世讓人驚異也更沉默了。

　　空軍子弟國小一個年級只有三班，牆壁塗上綠漆充當黑板，破舊課桌椅排列整齊。同學很快便發現我的成績不怎麼樣，屬於不會構成威脅的無害類型。我默默存在，如野地雜草或缸裡陪襯的小魚。

　　適應新環境後緊繃神經漸地鬆放，上課時便常用手托腮，心思飛出窗外。

　　那回下課鐘響老師仍絮絮叨叨講個不停，我心飛出轉頭竟意外見著窗邊那似曾相似的面孔——我瞧望著她，她亦定睛看我，她綻嘴笑開，我便於心底驚呼起來——且慢，待我將交疊混亂的時空重新歸位——小玫是我之前最要好的朋友，那時放學後常去她家玩扮家家酒。她是白雪公主我是王子，二上時她因父母遷調部隊而須轉學，離我最近的一朵雲自此遠去，貼心童話無法再演。

　　小玫的父母親皆服空軍役，時空幾經轉換，而今那雲出現窗外——記憶裡的小貨車緩緩移行，我站立路邊對著車內揮手，陽光移轉然後換我坐在車上，浮雲隨光陰之河前拉後退著……

　　老師一下講臺我便衝向小玫，白雪公主的皮膚仍然黝黑，印象裡的五官等比例放大些。小玫說她改了名字，轉學到我隔壁班。

小玫的父母又換單位了？前後兩校皆在飛機航道下，熾烈噪音劃破雲層，老師上課經常被迫停下來！飛機穿越，所有交談中止，若在室外，同學會頑皮將兩手機翼般舉起，四處橫衝直撞著。

　　空軍小學是一塊塊停機坪，多少成長情節於此稍息、立正和解散……當時不懂什麼因緣際會，重逢的喜悅似被光陰洗去熱度。和小玫之後並未熱絡，一牆之隔各自成長，小小世界轉著圈圈，繞著繞著便忘記原來想法。

喜不喜歡，飛機亂竄

　　三十幾個座位十幾張課桌，男女生並坐，隔段時間重換位置，親疏好惡跟著挪動。我不敢張揚喜好，刻意掩飾內心──成陽長得高帥聰明是女生心中的白馬王子，我腳下無玻璃鞋，卻於流言蜚語中心情目光跟著起起伏伏。徐蕙高挑漂亮與成陽最登對，旁人起哄她總紅著臉嗲聲說：「妳們亂講！」

　　湊對兒亂點鴛鴦譜是女生玩不膩的遊戲。男生一下課便衝出室外，鐘響後浹進滿身汗水，惹來女生搗鼻罵臭，心底卻分泌流淌著一些歡喜一些甜。目光落此心在彼，口是心非頰邊泛露紅暈。

　　班上女生經常交頭接耳或於放學後留下來交換祕密。我既外來且帶著深重自卑感，從不認為可以加入她們。那

天徐蕙竟然邀我，一人發張小紙將心上人寫出。我直覺便想到成陽，但自忖不該奪徐蕙之愛！那還有誰呢？寫不出答案交不了卷，徐蕙她們皆具默契，很快便能亮牌，我卻仍遲疑猶豫著。徐蕙奪去我手上字條，正反面翻兩遍：「妳不知要寫誰？」

「我聽說很多男生都很喜歡妳喔！」

「妳──妳─亂─說！」我連忙將字條搶了回來──脹紅著臉心狂跳，講話也結巴不順。

「真的啦！他們說妳看起來乖乖的又不講髒話，不像我們……」說著全齜牙咧嘴做出母夜叉形象。

我任由徐蕙她們說著好玩並不當回事，天天背著書包沿矮牆穿進校園。

長條課桌椅並列著嫻靜與乖張，中間一道道界線被劃出或索性將書包抬上來築牆圍擋，你撞我推，爭執總是不斷。

那陣子和張耀並坐一起，他和其他男生一樣渾身爬竄著頑皮神經，屁股似和座椅有仇，非將樺頭搖脫才罷休。上課是牢刑，張耀常被老師揪耳扭頰或被罰半蹲教室後面，下課鐘一打困獸衝出，奔回時滿身髒汗，蚪髮黏濕，汗臭蒸騰淋漓。

我嘴裡抱怨心裡倒未那樣討厭，卻也未曾想過喜歡這回事，直到那天，陽光一樣豔燦，下課張耀如獸奔出，回來時腳卻跛拐著。唉，他哪天不跌撞，而這天似乎顯得特

別痛苦，累趴桌上隨後便抽搐嗚咽起來——不預期他會如此，讓人有些心慌。他喃喃說起家裡發生了不好的事，鼻音太重實在聽不清楚，平日的頑劣泡著涕淚，讓人覺得好陌生。然後他突然半抬起頭來說了句：「我喜歡妳」

我愣傻住，不願相信卻明明聽見了！猝不及防地張耀將手指輕輕滑過我的臉頰，感覺一道灼熱沁入，心底起著莫名搔癢。

幸虧那尷尬怪異的感覺只停留一會兒，飛機劃破雲層，青厲噪音強令所有紛爭歇止。

長雲被切斷重又接連起來，地上花紅葉綠，日日春仍恣意生長。同學嘴邊髒話如鞭不斷揮出，時相扭繞一起，橡皮筋、小沙包、彈珠、尪仔標……向前看齊，升旗臺前一班班隊伍於陽光下調整著間隔距離。校長背陽，滿口鄉音經擴音器沙啞傳送。陽光時將人曬暈、飛沙讓人睜不開眼睛、飛機候地飛來，掩蓋過臺上聲嘶力竭的叫喊！

魔鬼訓練，畢業珍重

暑假過後升上高年級，級任老師王導是學校最著名嚴師，家長想盡辦法將子弟轉入，我莫名其妙也跟著進入魔鬼訓練班。

王導為中年男子，花白頭髮直豎頂上，雙唇厚實腰桿挺直，神情長年嚴肅著。他將班上學生按程度分成三等，

各有不同的賞罰標準。如水果被分等級，我是屬於次級品——雖不榮耀卻可容許犯些錯誤，我安於這樣的處境。

王導隨身帶根筷子，見學生調皮即刻處罰，有時刑具未帶身上，便用手指在學生臉上擰轉。王導擅長皮笑肉不笑，齒間一字字磨咬出：「你這條蟲！」作為開場，眼前被稱作蟲者便蜷縮身子等著被收伏。

蟲被電出原形總能安靜個把時辰。王導的威力遍及教室各角落，鎮壓住蠢蠢欲動的玩心。算術、國語、生活與倫理，該寫須寫應算要算、行為須得循規蹈矩，生活有條不紊進行著。不知怎地，王導精準的遊戲規則遇到我便常出錯，一組組人排隊受罰，我卻總被多打好幾下，王導雖說下次可抵，而誰敢提醒他？

光陰推拉出各種莫名狀況。王導威力強悍，讓人不敢太用力呼吸。書包不准擺上當隔板，桌上不許劃分界線，所有個人意念全須收斂。第二節下課全班依例帶至操場跳土風舞。大圈圍出，男女生手拉起來，風與陽光調轉運行角度，教室裡強被鎮壓的情愫一一被掀開，於地上交疊、變形扭繞著。

音樂響起，徐蕙與成陽牽起手，登對身影婆娑起舞，轉圈、踏步，交換舞伴，一張張臉孔於明暗間繞轉、黝黑、蒼白、花色髒汙……順逆時針，好惡來不及調轉，舞著舞著我那天不知怎的，便學其他人於地上撿起樹枝和舞伴各執一端，我不碰你你不碰我。指尖似含劇毒，電流相斥，

前踩、後退，眼神相互閃避，突然一巨大手掌將那樹枝打落地上，王導用力拉我跳完接下來的曲子。我脹紅了臉，王導皮笑肉不笑的臉如面具般，威厲目光自眼皮當中射出，我渾身筋骨如遭電擊——下次不敢再搞怪了！

九年國教，國小畢業不須大考，王導仍逼著我們打好課業基礎。挨打成為學習一部分，筷子打在手背，淚水於眼眶打轉，灼熱疼痛感頻頻消退又生成。王導規定天天須寫日記，我隨興寫出生活片段——雨絲融於陽光，花瓣被風掀開，寫著寫著竟透露心底的歡喜和感傷。王導將我的日記當眾一篇篇唸出，我羞赧得無地自容，心底卻有莫名的暖熱。

身邊盡是怪獸與爬蟲，男生表面被收伏，骨子仍然頑劣好動，生長板跳開，一些矮個身高突地被拉長。王導的筷子仍於我手背上胡亂跳動，我時被喊起又被叫坐下來，一次次說要將我升為第一級卻又遲疑著。

飛機去來，繼續攪亂天上雲彩。校長圓胖的身影立於司令臺，臺下隊伍相連成移動日晷，向前看齊——稍息。

校長指著一旁新種的椰樹苗，說等我們大學畢業就可以回來喝椰子水了，烈陽高掛，說此話時正好一架飛機越過，椰子的發音聽起來像鴨子，眼前的操場如淺灘，拍拍，左右兩邊翅羽鼓動起來，蹲低身欲要前衝，衝飛向天翳入雲層……

畢業典禮座位依上臺領獎順序排列，我名列十八，剛巧是未獲獎的第一人。驪歌初動，前頭有的女同學哭得稀哩嘩啦，有的男生紅著眼，後頭張耀他們勉強靜坐忍著不笑。我想要哭卻哭不出，抬頭看向前方，正巧見著王導抬起頭，直覺他的平頭似乎蒼白了許多。

　　典禮進行，悲喜音符間歇被奏唱，小玫和我目光交會，突地，飛機自頂上越過，尖厲聲響蓋過一切……似見待飛羽翼撲撲張開，今昔身影相疊，離散，一條條記憶被寫進雲裡面。

原載《中時副刊》2018.8.14~16

城市邊緣

　　七〇年代的臺南，紅綠燈到不了郊區，是非、冷暖卻隱隱喧擾著。

暗夜惡火

　　夏日蟬鳴噪響，水露於草葉上凝聚；冬天冷風迴盪，鐵皮於磚牆上抖顫。竹籬挨著庭院邊緣，順著一旁斜坡便通往竹溪橋。月影常沿著籬邊升起，似神隱巨人手上提舉的燈籠，與雲霧穿繞遊戲、推演迷離夜氛。

　　竹籬向天開敞，半掩之門常有黑影幢幢，夜似清醒但卻迷離。

　　隔壁做資源回收生意的駝叔經常逢人抱怨著──昨晚宵小趁著月明下手，他捆好的紙箱無端被解開、敲扁的鐵罐遺失大半簍、整堆報紙少掉好幾份⋯⋯

除了月娘無人瞧見，駝叔一臉委屈。

另一月黑晚上小偷照樣得手，濃霧遮眼，暗夜凝結了一般。

流水嘩嘩，塵埃於晨曦當中旋起旋落。生活重量持握手中，秤錘一半光滑一半鏽蝕，秤桿早已磨失了刻度。宵小摸黑或借助月光，夜晚不由人管轄，駝叔持續控訴，嗓音於風中沙啞。

賊人在哪裡？

白天的窮苦入夜糁上另層詭異，月東升，明暗疊藏著懸疑摺痕。對街腳踏車店前躺著拆解車輪，放射鐵圈覆著欲滴露水。店主羊伯臉窄身長，貌似後腳直立站起的老山羊。他沿著小學外牆搭起鐵皮遮蓋，便和三個女兒及羊群擠在一起過日子。黑羊白羊各據一頭或交頸入睡，羊伯鄉音濃重，與鄰人無法溝通。鐵皮屋位於斜坡三叉路口，而那拐角如受詛咒，來往車輛開到這裡一不小心便撞在一塊，羊伯適可賺取一筆筆生意。

羊伯似笑神情含藏不可告人的祕密，鄰居傳言他故意將鐵釘、玻璃碎片散撒路上造成事故，是可惡的暗黑魔王。

迷霧籠罩，羊伯與駝叔各佔路的一邊互不往來。

那晚周旁彷如被上了迷藥，居民睡得昏沉，未察一陣嗆鼻濃煙自籬外傳來。我被母親喊醒，直覺空氣瀰漫燒灼氣息。循著煙味但見籬外廢布加工廠冒出火舌，烈燄如惡

靈現身，黑夜旋即化成火紅白天。漫天霧露凝成冷汗，匿藏的憂懼被燒出，讓人不禁疑惑——這火因何而起，想燒毀什麼？

母親驚慌踩上竹籬旁的高地，隔著斜坡路觀望火勢。消防水柱迎空噴灑，火被劈開旋即復合，紅光水霧兩相侵擾，如電影裡的場景映現眼前。不知過了多久，火勢漸被撲滅，夜凌亂疲憊。

隔天，工廠的起火原因持續被議論紛紛，羊伯笑得陰險，駝叔的舊物堆裡似藏祕辛，疑雲化不開，三叉路口人車仍撞一起。負載過重的小貨車無法彎轉，牛車於斜坡彎轉處傾覆，牛隻羊群乾瞪著眼，嘴角涎出黏稠口水。

犬吠魍魅

月逡巡，日影被黑暗吞噬，日子遁入漫漫迴圈。羊伯總於天亮前便起來擠羊奶，母羊悶聲抵抗，終究抵不過頑強的現實。駝叔掂斤論兩，將這頭曝黃的紙箱移往另一邊，有時雨來，深藍色雨衣罩身，如雲州大儒俠裡的藏鏡人。駝叔閒時便躲屋簷底下讀起報紙，於過期新聞中尋找聳動標題，紙上鉛字有的沉寂有的仍帶活力。羊伯將腳踏車拆卸重又組裝起來，低矮鐵皮屋隔街對峙，各種耳語於斜坡間流傳，善惡竅竊窣窣。

月時而圓大清明時而隱晦，多少斷魂狗被丟橋下，浸水皮毛隨著水流若隱若現。沿著柏油路往南走，據說可通

往高雄茄萣，路邊木麻黃樹上掛著一袋袋貓屍，腐水殘留袋裡，靈性隨著惡臭被風吹散。

鬼影幢幢，宵小彷在身邊，過一陣子姑姑將她家的大古牧犬小白借給我們。小白體大如匹小馬，身形壯碩其實溫柔，貓咪黑皮及院裡的雞鴨都不怕牠。小白似玩壞的絨毛玩具，亦像溪中重返岸上的還魂狗。

夜涼如水，魑魅存於露間或跟著黑霧遊走。黑皮依靠小白入睡，小白昏耄的眼珠子半瞇著，矇矇眼前離析出異樣影像，嗚嗚……嘔嘔，長鳴如海螺聲推送，鄰近狗兒跟著吠叫。淒涼夜氛鬼影似地翻出籬外，魑魅出現，嚎聲接連，逐一拼組出渙散身形。我感覺眼前一陣涼，緊閉之眼仍透映出淒迷影像——想起之前養的那隻喚作瑪麗的褐色土狗，初來時渾圓可愛，後來脾氣隨著身形加大而怪異。從目露哀怨到藏躲角落不許人靠近，有時還會繞著院子如著火牛隻般奔竄。

真不知牠到底怎麼了？

小圓球變成迅猛龍，讓人不再喜歡。一天牠失心瘋般狂奔、撞壁便一動也不動了！

移動屍體時發現牠頸間繞了圈鐵絲，一股難聞的腐臭味自潰爛血肉中傳出！原來牠因此而痛苦！

瑪麗死後去了哪裡？我不敢問！

黑夜風吹，圍籬控控聲響中似見陰穢身影，一條無形鐵圈緊勒著脖子，讓人想要高聲嚷喊卻叫不出聲來！

圓月加大，裡頭陰影漸地清晰，柏油路上出現一層層潮濕水痕，地上坑洞越愈明顯。小白的身影映入月中，似荒野裡的孤獨大熊，嗚……嗚……小白深夜經常拉長聲鳴叫，那叫聲漸轉成哭泣——往市區的紅綠燈煞是遙遠，通往郊區方向，行至路的盡頭便是陰陽交界……

隔天鄰居紛紛往我家門內看——

見鬼了？那狗怎叫那樣？

日間小白與黑皮和樂相處，入夜便又悲傷了起來——嗚……嗚……那吠聲讓人心底發麻，露水盡凝成淚。

姑姑受感應般前來，小白見著她興奮地猛搖尾巴，坐上車露出笑臉，便回到牠原來的星球。黑皮從此少了個大朋友，我則失去難得的玩偶。

小白走後，夜更寂靜。遠處水聲潺潺，水霧仍然穿透夜氛。

駝叔身旁的黑狗不久被撞瘸了腿，跛著腳跟行他後頭。之後黑皮不見蹤影，於天花板夾層發現時已死了好幾天。牠睜著疲憊大眼，一隻剛出生的小貓氣若游絲含咬牠乳頭。黑皮的身體僵硬，肚子仍然鼓脹，似有未生出的小貓在裡頭。

不忍心將黑皮吊掛樹頭，竹籬邊挖個坑埋了。不久泥上長出一叢叢酢醬草，綠葉婆娑挺站，似有靈性鑽了出來！

違建風波

　　日影移轉，靈魂移動周遭，白天送葬隊伍經過，為城郊常見的熱鬧。

　　寒暖交替，羊伯夏天經常一件泛黃薄汗衫，底下一件寬口墨綠色短褲。駝叔習慣穿多，天未涼便拚命將衣服加掛身上，如負載過重的迷你駱駝。

　　羊伯常和人爭吵，鐵皮縫裡羊兒瞇眼，三個女兒如花綻放。駝叔除了黑狗無人陪伴，閒來便將舊報紙讀了又讀。泛黃報紙上頭排列著大小字，反覆掀開摺起再翻開，有些字體模糊有些突然跳出。城市邊緣似被遺忘，報紙上寫的多是另個世界的事。駝叔讀著讀著，如啃咬過期食物般——潮霉、硬黑，駝叔將它當故事閱讀，半認半猜著記不多的詞彙。羊伯也常蹲坐對面翻閱報紙，讓駝叔不悅的是——羊伯讀的多是當日消息！

　　新聞有啥了不起，到了明天還不一樣都成了舊聞，橫豎跟這裡也不相關！而那天卻聽著駝叔喊叫起來：「糟了，我們這裡要被拆掉了！」

　　上星期的報紙，那羊伯應該早就知道了，而他卻悶不吭聲！

　　違建，拆除，這攸關眾人的事如青雷轟響。大家紛紛豎起耳朵，從里長伯到橋邊的垃圾盟主全來關注——報紙寫得清清楚楚，馬路將要拓寬，斜坡叉路間的住屋全須拆除！

駝叔和左右鄰居俱皆不安，羊伯不在夾角，而他那依牆搭起的鐵皮顯然是違建。

　　政令如陽光，照出滾滾灰塵，這頭鄰居集聚駝叔屋前頻頻議論——火一燒起，有人看到了灰燼與焦土；有人覺得這火過一陣子便將熄滅，一如從前。

　　「講攏嘛講要拆，講了幾十年了！」

　　雷聲大雨點小，陽光照不到這偏遠角落，有人樂觀有人憂心。駝叔將那報紙放在雜物桌上，「拆」字搶眼，威脅提醒眼前一切就將崩解，一想到就讓人煩躁起來，而羊伯的小屋不在都更藍圖竟得倖免！

　　月如勾，時而雨落，羊伯家的鐵皮屋似比旁人堅硬許多！

　　違建陰霾持續擴大。打開籬笆門然後關上，星光虛幻，一朝事發，所有存在都將毀滅！

　　我家租來的房子竟然也是違建！我問母親什麼是違建？母親說得模糊我聽了更糊塗，反正是不該建而建，如雜草不應長而長，勢將被剷除。政策執行後遠處紅綠燈將延伸到這裡，現今兩邊藏納的人事將被移除！之後類似警察的人來了幾趟，里長伯陪著巡視，駝叔伸長脖子駝背似乎挺直了些。

　　羊伯持續拆他的車輪補破洞，之後傳言違建的事原來是他舉發的，群情於猜疑中激憤，眾人咬牙切齒又為討好他，紛紛訂了他家羊奶！

羊伯笑容詭異，夜裡常聞嘶喊聲自他家傳來。夜濃黑，鐵皮屋裡藏有旁人不知的罪孽。晨曦未出一瓶瓶熱羊奶已送到各家門前。駝叔也起得早，繼續將曬過月光的紙箱捆綁起來。缺腳椅、綻裂的桌子，敲敲補補便得再用。

　　傍晚紅橙夕陽落到牆外，一大群羊自斜坡爬將過來，駝叔的狗對著猛吠，羊兒驚慌自路這頭竄逃至對面，路上一片渾亂，羊伯鐵皮屋裡的羊兒也跟著激動。羊群過後，路上遺留點點黑屎，瘸腳黑犬追吠一陣，便於駝叔制止聲中氣餒走回，對面鐵皮屋裡也跟著沉寂。

　　由它去吧，什麼違建？時到時擔當，斜路繼續交叉，鐵皮持續吸飽陽光，磚瓦咬著水泥，凌亂格線被雨淋著……何時法令再被提起，強風掀落，任誰也不敢說！

原載《聯合副刊》2017.12.13

木麻黃公路

　　直到今天，我對木麻黃仍存特殊情感，感覺那環狀齒
紋匿藏玄祕細節，窸窣針葉裡含融著嗩吶清音……

童年公墓

　　童年家離墓地不遠，沿著木麻黃公路行往郊外，紅磚
竹籬漸成鐵皮違建，貓屍一袋袋垂掛樹上，豔橘馬櫻丹撐
開通靈小花束，雞母珠半睜著哭紅眼睛。膽小的我不知怎
地經常一不小心便走入墳場，識字不多卻總愛將墓碑上的
字一一讀出──顯考李公、陳公某某，顯妣張媽、魏媽云
云，劉公諱誰老大人之墓……多年前刻出的碑文而今湮沒
模糊，如過時告示少人聞問。遊走各門風水，翻讀書本般
瀏覽其中內容，看著看著似見幽靈穿越時空，即便晴天仍
覺陰森。

生死之海翻湧不已，冷光於暗黑中隱隱現現，緲緲被吸入不明的孔縫。猶記大姨壯年猝逝，拋下幼子歸往天國，溫熱身影漸地沉寂，成爲偶被提及的抽象記憶；外婆臥病多年終亦西歸，爲眾人提供完整、冗長的生命經驗。經常閱讀亡故篇章，對死亡這事仍然似懂非懂——靈魂於墳間如何穿梭、血肉怎麼乾涸、骸骨腐朽時散發什麼樣的能量與氣息？

　　往公墓路上天天皆有送葬隊伍經過，樹影接雲，木麻黃持續皴畫筆觸，日子如貓步踩過，一朝魂魄逸出，趁著星光眨眼隱入天際，形入土靈歸天，生死循環之道，教人如何捉摸與懂得！

　　習慣聽聞嗩吶聲響自遠而至，或急或緩行往路的盡頭。放學時遇著送葬隊伍，便順道送往生者一程，寂寥日子因此多些熱鬧，荒涼市郊有著另類繁榮。

　　那時一天總有好幾團送葬隊經過，遇著好日路上甚至會堵塞。前方人潮未散，後面便擠上來，兩方陣營對峙路口，鑼鈸催促鼓吹，慟哭喊叫跌撞一起，苦主錯愕抬起頭，含淚眼神相互質疑，通往陰間的路何以這樣擁擠！

　　各種送葬隊伍通過眼前，氣派往生者搭乘花車，送行車隊接連數百公尺；或集眾多人力一同扛棺，條條白布自前方拉開，浩蕩似巨輪駛入港灣；也有只以薄毯覆棺，草草便送向黃泉路。引路幡開路，未亡人排列後頭，長年觀看下來，漸懂其中演繹的親疏圖譜——粗麻重孝，白衣輕

微，眞情則視悲傷程度。一場又一場終極送行隊伍，讓我一次次見習各種生死大事。

嗩吶引吭，鑼鼓、喇叭聲附和，驪歌成爲迴盪童年記憶的主旋律。木麻黃公路通往獨特後院，一簇簇青綠針葉半空書寫特殊情節，枯槁後跌落地上堆如蟻塚。小圓毬果咚咚敲打通往地裡的密語與節拍，天熱似將著火，陰雨則一片淒慘。

那時人稱經常出沒墳場、自死人身上獲利者爲小鬼仔，他們多半熟悉地形、清楚陰陽界線，是寄居墳場的人鬼。班上李英一家便是這類人，我對她雖無好感，卻經她口知悉許多喪葬祕辛，也從她身上借膽，才得更深入墓地，開闊童年視野。

李英說木麻黃如人體是會流血的樹，說著便拿出隨身小刀往一旁樹幹刺入，被刺開的木麻黃果然露出暗紅色傷口，讓人不禁替它痛了起來。李英說她見過鬼火，說燥夜墳場常出現團團青綠色火燄，似陰靈輕飄跟行，她說得詭異，讓人感覺毛骨悚然卻不禁好奇與羨慕。鬼火似神祕飛螢也像迷路星辰，一起閃光，分別燦亮。

那時盜墓事件頻傳，木麻黃公路總不平靜，唉，走過黃泉路仍遇災禍，魂飛魄散了還有什麼好搶？

李英說金飾最好，華服亦有價值。往生者假牙常被剝奪，外物果然生不帶來死不帶去！鬼魂多著素衣並缺牙齒，生前體面死後狼狽者大有人在。

郊區入夜後一片死寂，日暮拉下，關於黑暗的想像便蠢動起來。而不論李英如何慫恿，我晚上絕不到墓地，陰陽日夜緊拉同一條分界，我堅持留守白天這一邊。日暮後木麻黃似被關鎖住穴道，屏息無語，地上身影平靜相連，待天明後再度起湧，目送往生者自陽世被送往陰間。

死亡到底是怎麼一回事？

這問題常於深夜困擾我。我怕黑，眼睛一閉起來，關於死亡之事便連袂侵擾我。夜是包裹，靈是繩索，我常被無形束縛緊緊捆綁住。祖先牌位裡似乎藏有答案，血緣串連精靈，等著我們前去會合。

生死路上

嗩吶聲響，往生之歌於木麻黃公路上吹奏得震天價響……

小學畢業後再也不曾見到李英，也只於清明時節才到公墓。一家人彎腰蹲身，砍荊棘、去蛛絲，將黏附碑石上的泥土清除乾淨。碑前鮮花徹底枯萎，石縫長出雜草，拿掉舊香點燃新火，祭拜完後爸總爲我們重溫家族故事，將屢被遺忘的族譜再復習一遍——關於楊姓祖先如何逃難，之後高祖母如何帶著遺腹子改嫁造成皮骨轉變，故事聽來遙遠卻果眞改變了家族姓氏。爸說完後總指著一旁的墓穴說：「這墓是空的，以後要將我葬在裡頭！」

陽光暖熱，當時不解話中淒迷，肉身與蟲蟻共處，這思緒太荒涼，讓人急於逃避。爸說過他怕火，曾提日後不要火葬的願求。長眠土裡或讓烈燄燒灼，生命最後竟只剩這般痛苦的抉擇！

　　墳間偶見被李英喚作「打破網」的通靈小野花，一叢叢小碎花於地上散放玄祕色彩，串連各種靈異想像。天陰沉，一道青雷劈斷公墓旁的木麻黃，記憶中的墓碑一塊塊露出，讓人怵目驚心！

　　高中後家搬往市區，都市發展延伸至郊外，木麻黃兩旁的違建整排被拆除。公墓版圖重新規劃，木麻黃移至海邊，於岸旁窸窣守護著陸地。風穿細葉，根瘤持續忍耐貧瘠，往昔遍撒冥紙、腳印雜沓的送葬路線今被拓寬，陽光貫通，嗩吶響音換成絡繹不絕的車輛喇叭聲。

　　炎炎夏日木麻黃乾裂欲燃，逃避許久的悲歌終究四面環繞……

　　那年七月爸過世的消息傳來，倉促趕往太平間，眼看他自冰櫃被拉出，身上未穿太多衣服。當時只覺眼淚不聽使喚，未思及爸一向怕冷，如何願意待在冷凍櫃。煙香氤氳，接續的一切茫然進行——獻花、獻果，致答謝禮，一柱柱煙香未及燃盡便被摘除。誦經聲重覆得教人頭暈目眩，煙火混雜，吟誦不清，似曾相識的堤岸一會兒靠近、一會兒遠離。倉促追趕時辰，頭七二七三七緊連一起，生時神情暫棲案上隨即被捧著隨煙繞轉……驀地爸被送進火

葬場，我跟著跪在一旁高聲喊著：「爸，火來啊，緊走！」烈火隔牆熾烈燃燒，突然記起爸說過他怕火的事情，煙灰沉寂，爸的魂魄是否及時逃離？

母親不曾說過她怕什麼，我們卻清楚她最害怕的是別離。

我也害怕別離，怕揮手、轉身便見不到對方的場景，而這艱難功課畢竟無法逃避，命運強令人於一次次進階練習中學會麻木與勇敢！生死瞬間，陰陽拔河，加護病房裡，一雙雙焦灼眼神顯出脆弱。十字架與念珠守護、上帝和菩薩聯合，於陰陽之河一同伸出援手。

媽確實捨不得分離，最後一口氣始終不願嚥下，緊握她腫脹的手心，看她指甲逐漸泛紫，感覺生死嚴重的拉扯，而最沉重的一口氣未能接上，媽終究離開了我們！

媽走了嗎？

那晚閉上眼，彷彿還一直聽到媽呼吸、喘息的聲音，如於路邊、長廊，或跌入洋滿聲音的漩渦。分不清是焱亮車燈於黑暗中叫囂，還是救護車熄滅了救急聲響，黑與亮相互對抗，又逕自放大與收縮，所有聲音彷在耳邊，又如在對岸般遙遠。而後我跟著眾人高喊：唵嘛呢唄咩吽……每個聲音如蓮、亦如浮木般撐持我們不知如何繼續的腳步，唵嘛呢唄咩吽……我聽見自己加大聲量，藉喊叫驅逐內心恐懼，鋪出讓媽安然前往的道路。

煙香持續引渡，經文環繞，一關關接引人往向另一國度。烈火又來，爸媽終究未能長眠地下！

冥紙翩飛

一柱柱燃香插於祭品上頭，滷肉飯、虱目魚湯，紅柿與白柚……

煙香裊裊，二姐沙啞的聲音縈繞，我低著頭，心裡的話不知如何串連，眼眸心思一片茫然。目光穿進透明隔板，骨灰罈外貼著照片——爸著墨綠色風衣，一如他冷天慣有的裝扮；媽則穿橘色條紋外套內搭黃背心，不記得那影像拍攝於哪一年。爸即便微笑表情仍然嚴肅，媽左下巴的痣毛彎曲，點畫出她臉上的主要特徵。

爸媽相鄰而居，棲身於眾人堆疊起的空間。我未說出爸媽近來常入我夢，最近的一次，媽橫躺岸邊似截枯木，身上霉苔剝落，陰暗朽壞中透出不明光影，仔細瞧，但見生氣回返，媽凝蠟般的臉動了起來。媽喊我的名字，我驚恐抬頭見媽雙唇抖顫，似要告訴我些什麼，音頻穿不透阻隔，我當那是思念感應，思緒未再往下挖掘。

而後爸亦出現，於夢中與我若即若離……

環顧周圍，梁柱對應，飛煙與靈魂纏繞一起，地藏王菩薩一身金黃袈裟，右手執杖左手持拿光明珠，靈光明滅，亡魂於渡化中超脫苦難，歸往安樂國度。陽光斜入，

窗櫺於地上移動身姿，析透出無形的時光隧道，乘煙穿入、飛出，順沿香爐往外看，墓地起伏，一塊塊墓碑召喚許多深埋故事……

一張張蠟黃冥紙連續凹折，如飛蛾振翅集體撲向火裡，於爐內引燃短暫亮光，未及解讀燄中影像，便化輕煙縈入天際，成為不被注意的雲絮。之前亡者葬身地裡，魂魄穿出土層飛行空中，今則一甕甕擺放架上，成為被禁錮的灰燼。

南臺灣陽光飽滿，金爐火光烘暖臉頰，映出一幕幕熟悉卻又陌生的景象。風低迴無聲，四圍擁擠冷清，著火冥紙蝶般翩飛，黃澄雙翼漸地無力，靜止成一片片枯葉。

土地公選擇與陽光共存的姿勢側身風中，一身水泥軀體挺立半空，成為陰界明顯地標。往東是殯儀館、儀葬社，一座座為都更遺漏的墓穴散落閒躺，於車來人往、日月更迭中默默存在著。

木麻黃斂藏樹影，無形公路通連天上，嗩吶聲響，聲聲串連起思念的回音……

原載《自由副刊》2016.8.14

鬼針草斷頭那天

　　陽光透亮那天，小曼約我和貓面、豬仔四人在學校蔣公銅像前見面，她一樣穿著草綠色背心，我穿姐留給我的灰底方格襯衫，兩人都削短髮著褲裝，看似兩個小男孩。小曼個頭比我小，臉上掛有幾點雀斑，小嘴經常緊抿著。貓面下巴乾掉的口水印經常洗不乾淨並帶輕微口吃，聽他講話須有幾分耐性；豬仔頭大膚白，像年輕版的大番薯，身雖壯碩卻膽小嘴賤，笑淚經常同掛臉上。不知何時起我們四個常走在一塊，不善與人交往的我於是有了固定夥伴。

　　班導將學生依課業成績分三等級，賞罰標準盡皆不同。我和小曼被列中等，雖不傑出但還有救，貓面、豬仔都在最低等，常挨老師的板子。七〇年代中期九年國民義務教育雖已施行，許多國小老師仍然恪守既有教學模式、

信奉不打不成器教條。打罵輔助教學，挨打成為校園生活重要一環，面對刑罰臨危不亂或者呼天搶地，在在反映個人的志氣和品行。

至今猶然記得棍子落在手心會有一陣熱熱的刺痛感，比被火灼傷要輕微卻有殘廢的錯覺。沒人喜歡被責罰，而恨鐵不成鋼的氛圍下誰能免於這試煉，一天不被抽打幾下反倒沒有存在感。豬仔經常被打卻極怕疼，老師棍子未下，他臉便潮紅哀號跳跟起來；貓面對棍子存有恐懼感，手屢次縮起復在老師威嚇下勉強伸出，神情變化詭譎；小曼臨刑眉頭從不皺一下，萬般不服或委屈全咬在牙關。唉！被打無人可以替代，是每天都得面對的劫數，從中我們似乎也體認學習到認命、忍耐和勇敢！

陰暗底層鮮少照到陽光，印象中貓面走路習慣低頭，破爛球鞋隨興踢起地上石子，吭吭擊出混亂的生活節拍。豬仔行走只看地上，一回差點撞到老師，白皙臉頰硬被擰出一塊紅紫。小曼目光從不往前看，踩著石頭便忿忿地踢開。和他們為伍雖無榮耀感，小曼出聲我仍跟著他們一起行動。之後我走路也不自覺地亂踢，四人形影相連，成為校園中不被注意的風景。

教室裡氣氛嚴肅讓人透不過氣，下課小曼傳來一個眼神，我們便跟著衝出室外——榕樹鬚根又被風拉長、操場有被輾扁曬乾的鼠屍、圍牆邊水溝有煙蒂——小曼總有許多新發現，一肚子鬼主意想要實驗。她知道學校最陰暗的

角落、知道哪間教室曾經鬧鬼、哪片天花板可能塌陷……她煞有其事地說著，我半信半疑心底感覺毛毛的。小曼極需要聽眾，我便成為她的知音。

　　貓面的瞇瞇眼看不出聰明，豬仔的話語嘮叨瑣碎無重點。生活是一頭怪獸，篩落地上的影子自行婆娑起舞。四人隨意並坐操場邊，或於池畔草地有一搭沒一搭地聊天。夕陽為年少歲月勾勒金邊，貓面的口吃這時自然通順，豬仔看起來也沒那樣怯懦，至於我彷彿找著一處可卸下緊張的港灣，感覺自在心安！

　　那天，我和小曼邊走邊聊天，我不太擅長興起話題，總是應和的多，聊著聊著小曼不知怎地竟聊到她家，也許氣候有些冷或因風兒輕吹陽光剛好，小曼不經意說出當年母親生她時難產離世，是她害死了母親……說著一顆豆大淚珠自頰邊滾落。我從未見過小曼掉淚，那淚珠匡噹一聲撞擊我心，讓我也有想哭的衝動。唉！這祕密對我而言太沉重，一種含帶同情與感動的悲傷讓心情瞬間有了重量。小曼對我如此坦誠，覺得自己也該說出件祕密，兩人情誼才能平衡，於是便說出我在之前學校的事情。

　　背九九乘法表是升上中年級後的最大災難。七加七再加七，數字每上加一層腦筋的受力便就加重，好不容易背

好，一被抽問便又錯亂。前頭擋座高山，一山過後還有一山，後山比前山還險峻，前行已經不易，冷不防一個個數字如石頭沿路砸下，讓人隨時膽戰心驚。

老師強令未通過的人放學後必須留校，由小組長負責驗收。我天天被留，內心既煩悶又痛苦，茫茫不見解脫之日！好友阿佑急中生智，說他可以翻窗進辦公室偷改通過名單，問我要不要加入？

煉獄出現一線光亮，我當下便受誘惑。於是便在通道幫忙把風，兩眼尾隨阿佑跳進辦公室，整顆心懸在半空，直覺背後有人清楚看到了這一切。隔天懷著莫名的忐忑心情到校，感覺罪惡隨時將被揭穿，好幾天惶惶難安。七乘四，八乘九，數字一條條鞭笞下來，記錄表上的名字被燒出個大洞，成為我心中最大的汙點。

列車奔過山丘，不知何時起，之前無法上加的數字必要時自然顯出，順逆乘除已無困難，而心底卻仍承載著重擔。

我不曾向人提起這事，小曼聽了也不怎麼重視！而從那天起我和小曼間似乎更密切了。十多歲的孩子不知如何承擔這般深重的友誼，幸虧小曼想出了辦法。

那天，明亮陽光參與我們的聚會，仔細感覺小曼的神情似比平常嚴肅些，貓面、豬仔的胖瘦身影站立一旁，鐵鍊圈圍銅像四邊的草地，周遭煞是安靜。小曼說今天要舉行個重要儀式，我和貓面豬仔面面相覷不知所以，小曼接

著說：我們來「結拜」，未等我們提出疑問便進行起她事先想好的儀式。

銅像四周茂長著鬼針草，小曼彎身折遞給我們一人一枝，向著銅像如對神明認真說道：「我們四人今天起結拜，日後有福同享有難同當……」，接著要我們跟著複誦自己的名字……小曼頓了一下接續說：「假如違反，一定會遭惡報……」說著右手食指便藉著大拇指使力，蹦地彈掉左手持拿的鬼針草，我們不明所以地照做，那花便如雞頭一一被斬斷。

我未料會發生這般戲劇性情節，抬頭但見蔣公表情難辨，斷頭花落入草叢，四人影子貼黏地上。

結拜非兒戲，從此我們的關係應該更緊密，下回老師棍子將落豬仔跳起那瞬間，我想笑的衝動當要收斂；小曼與老師爭辯要被處罰時，我心底便暗自難過著……

歲月前奔，光影斜照，失去母愛的搖籃於風中搖晃，鬼針草持續茂長，一朵朵似微笑、眨眼的頭顱……

至今我猶然會想起那陽光飽滿，意義深長的情誼！

原載《中華副刊》2021.4.5

永遠的棒球場

　　印象中臺南體育場位於我上學的路上，佔地寬廣，似半掀開的巨盒，而我總搞不清楚方向、算不準陽光傾斜角度。直覺體育場似堡壘也像迷宮，鄰近有棒球、網球場，合成一個大圓環，許多記憶繞著它轉。

　　一九七一年巨人少棒隊於威廉波特榮獲世界冠軍，全國掀起棒球熱。操場、空地，甚至馬路和走廊，球、棒能飛擊出去，雙腳有跑步空間，二、三人或十幾個，到處皆可組成球局。寂寥的午後，一棒揮出氣氛即刻熱絡。內向孩子變得活潑，女孩勇敢堅強勝過男生。家中無從發洩的體力，平常難得專注的精神，輕易便被激發出來。

　　那是什麼樣的年代？生活雖然清苦，快樂卻極簡單，孩子們有共同興趣，大人有熱中談論的話題。

　　只要有球賽轉播，半夜便可不睡覺，名正言順起來看電視吃東西，一想到讓人不禁興奮。強忍著不睡，終究

還是昏睏了。待聞周遭起著窸窣聲響，隱隱感覺電視被轉開。體育記者刻意壓低的清朗嗓音為即將上場的賽事暖場，螢幕裡青草地圍攏著土泥，壘包分頭擺放，散開成一整齊扇形。

夜清涼，一股含融肉臊香的泡麵氣息自廚房傳來，將沉睡意識一根根拉醒。睜開惺忪睡眼，只見室內通明，鄰家燈火也都亮晃晃。桌上已擺滿滷味和零食，有人將麵條咻咻汲入嘴內，有人嘴邊刁根雞翅，儲備體能。第一棒球員登上打擊區，好球，再一好球，滿室心神目光聚集於那小框框。球投出，揮出，數十秒緊繃一次次放開，換來叫好與唱嘆。投手凝定神情，側縮一腳，球迅地飛出，好壞既定，沉悶氣氛繼續；或者球被揮出，滿堂喧動與螢幕裡的鑼鼓聲連成一氣。

左鄰右舍的喊叫回音遠近接連……夜濃黑，一束束光影組成特殊夜氛。我喜歡這樣的夜晚，麵湯暖熱肚子，雞肉皮骨仔細被分開，滿嘴食物不停咀嚼，雙眼瞟向螢幕時而緊張地逃避。豆干入味，滷蛋深褐，我期待贏球，也在心中不斷打起預防針——輸球也沒關係啊——不敢看又忍不住偷瞄，膽怯耳目半掩著……噓聲與讚嘆如浪更迭，越興奮緊張，嘴裡食物吃得越起勁。

賽事總有輸贏，中華隊不幸落敗，電視前總會聽到一些情緒話語——天時地緣不利，裁判不公、和我不同國……甚至有人揚言要將電視砸破。少了圓滿結局便少歡

聲雷動，天色闃黑或曚亮，疲累之餘只能各自躺回床上。被褥拱起似如投手丘，夢裡繼續一球球投出。電視終究未被砸爛，下回大夥仍圍聚一起，自那視窗等待好球，匡——球被擊出，「有了，有了——」記者拉高嗓音，觀眾目光隨之飛出，呈拋物線飛越球場，啊，清脆響音如雷，一道青亮於黑暗中畫出，深深烙進集體記憶。

之後棒球熱退燒，植入骨裡的激情仍讓人心中留有這樣一片草地——心神目光持續保留適當的觀望角度，隨棒擊出，得分、被三振或接殺，沉悶日子因此流動生息。

那時的棒球場平日可自由入場，許多中年男人歡喜聚集那裡，從外野往裡看或從捕手這頭看全場，一球拋出，昏耄目光隨之飛出……

爸午後常待在棒球場，現實生活無從發揮的心力此時轉成另種攻防。好球或偏外側——主審舉手吼叫，四圍揚起陣陣呼聲。雙方僵持著一局局進展，意識緊繃或隨被敲擊的球飛出，換成一陣陣嘆息及議論紛紛。再一球，一道光彩亮出，心思隨球自生活泥淖彈跳起來。平日被生活壓彎的身軀此際得以挺直，鬱積愁悶突然化開，現場一聲歡呼、爸年輕時的活力與笑容映現眼前。

漫漫午後，陽光自這方移往球場另一邊。平日看球的人不多，座位可自由挑選。走出場外，陽光自另一頭照來，涼蔭底下集聚著攤販——附彈珠檯的烤香腸及糯米腸、紅豆餅、雞蛋糕，其中讓我印象最深刻的是正對側門那攤豬血湯。矮桌椅環繞著一大鍋熱湯，爐火於底下爨燒，整塊未切的豬血沉浮油水當中，青綠韭菜轉成褐黃，煮軟的炸豬皮飄浮上層。

　　老闆娘個雖小卻極豪邁，大圓瓢一手舀起添滿陶碗，胡椒粉用力撒入，突兀的香辣組合渾然天成。

　　目光自球場縮至彈珠檯，食指與大拇指夾捏著射檯彈出，小鋼珠於斜板上滾動。老板燒紅木炭醃烤香腸，空中裊裊飄起略帶焦味的生活氣息。

　　斜陽遮蔭，傍晚或有涼風自四面吹來，騎車、溜狗、推娃娃車的婦人陸續出現。

　　好球——耳邊隱約有清亮沙啞的呼聲傳來，記憶不停繞著棒球場打轉。

原載《自由副刊》2018.12.24

勇敢的躲避球

　　體能不好的我向來對運動缺乏興趣。總覺得跑步太累、鉛球太重、籃球不好運轉、排球與我手臂不相融，更別提過動、難以操控的乒乓球。生理加上心理障礙，體育課總應付了事。

　　小學那時下課鐘一打，同學便蜂擁急奔球場，荒涼場地瞬間活絡，水泥或草地上洋滿生機，遇有班際比賽或接近運動會時更是熱鬧。球場供人展現另種能力，陽光照出紅彤雙頰、汗水勾勒活潑神采，教室裡被箝制的靈魂奔赴其中立即回過神。在教室裡品學兼優的徐蕙，於運動場上亦展現大將之風。她擅長各種球類運動，身手矯健、臂力強大，對方球飛來，總於眾人期待下捨我其誰地跳起，屢屢挽救頹勢，立下戰功。炎日下只見她打薄滑亮的短髮自然垂披肩頭，高挑身姿渾身帶勁，滿場激越加油聲專為她

傳響……這時我只能站立場邊跟著眾人高聲吶喊，有時喊叫不出或者偷懶不喊，感覺自己永遠只是球場邊緣人。

不知爲何那回手球班際比賽，我竟被老師指派上場。難得有表現機會心情亢奮，便使盡所有氣力防守。與對手纏鬥半天，才發現其他隊友皆於前方進攻，唯獨我在後頭做無謂抗爭！搞不清楚狀況令自己於球場上顯得荒謬可笑，留在場外可能會好些！一次次沮喪經驗讓我看清宿命，從此對體育課更加排斥。

運動熱潮一波波，有陣子學校風靡躲避球並將舉辦班際賽。校園裡到處圈圍出戰場，球的威力猛烈增加，人與人形成新的對應關係。躲避球屬大陣仗較勁，攻者自外場擲球襲擊對方內場球員，球擊中身體且未被接住，內場球員便告出局必須移至外場，賽事終了以內場人數多者爲勝。球賽刺激，外場同學爲求復活得分總卯足氣力，巴不得將對方砸成肉泥。內場之人成爲獵物，左閃右躲拚命逃竄、有爲者更須挺站前方，化解對方攻勢。混亂中有人激進有人保守，各有強項與弱點。

我善於閃躲的質性於此球場適得生存空隙，屢屢成爲最後倖存者。老師雖質疑我的攻擊力，卻無法否認我的求生意識，於是讓我加入校隊。我於長寬各十公尺的球場裡

求生，千鈞一髮時總能全身而退，當隊友紛紛陣亡，唯獨我撐至終場。那陣子陽光特別熾烈，我的肌膚曬得黝黑，蒼白疲弱的自信也健壯了。每場球賽如波巨浪，撐挺過便向前進。自初賽至決賽，我雖無顯赫功績卻具韌性，能於夾縫中生存，展現溫柔內斂實力。

　　比賽繼續，對手越來越強，去年冠軍隊氣勢尤其強盛且採用要命心理戰，讓人未上場便敬畏三分。五四三二一，奪命倒數口訣伴著加快傳球速度，場中人聞聲拚命閃躲，後退、奔逃，逃至這頭球候忽早已飛來。五四三二一，奪命連環 call 繼續圍逼，內場球員如驚弓之鳥四處逃竄。球如飛彈威猛射出，群飛之鳥陸續被擊落。五四三二一，碰——碰地有人被擊中頭顱、肚腹、或伸手未接住球而喪命、有人跌跤有人跛腳離場！身為隊長的徐蕙挺站最前方，她大聲吆喝調度傳接球，對方球擲來，更身先士卒地迎向前去，無奈腳未站穩，碰地一聲球落地，哨聲一吹便只能出場。她於場外焦急不已，喝令場內同學與她裡應外合。而對方氣勢正旺，球如閃電並帶火光與利刺，無人可抵這萬鈞攻勢！

　　尖利叫喊讓人聞之喪膽，眼看隊友一個個離場，場內漸地空曠，留剩我於其中苟延殘喘。球繼續傳接，我再次形單影隻成為眾矢之的。強敵於外圍互使眼色，目光集聚我身上。

無人可以依靠，漂流之舟須由我掌舵。啊！為了平反弱勢我必須接球，得想法子讓外場隊友生還，平日閃躲不願長進的技能此刻必須驗收──接球──接球──場外陣陣叫囂，徐蕙於場邊大聲喊叫我的名字──我心怦怦狂跳──從來不曾挺立前線的我被迫站出──接住、接住──狂濤湧起，似要將我給淹沒……我被推上浪尖──五四三二一，快旋球如血滴子直飛向我，我改變退縮閃避姿態，奔向前方，雙手迎向球飛來的方向……

竹竿・青蛇・里長伯

　　家住南門路尾那時城郊有片濃蔭，竹溪潺潺流往廟前，荒地裡夾雜破落小工廠，偶可見著廢布囤積或資源回收、小雜貨店鋪及腳踏車修理招牌。靠近公墓那帶有好幾家石刻店，鐵鑽刺進石碑，發出吱吱刺耳聲響，彷要穿破陰陽隔線。漫漫長路經常引發我無盡的恐怖聯想，里長伯家的竹竿店位在半路上。

　　竹竿粗細長短不同，橫堆一起等候買家挑選回去，於各家舉成各種生活姿態，或者整排捆綁一起，成為遮擋門面的圍籬。里長伯理平頭，如將粗硬竹節頂在頭上，予人一絲不苟印象。店旁環繞著竹林，綠竹直挺或傾斜，風動搖，時聞竹子相互摩挲發出咿咿呀呀聲響。林中常有蛇出沒，蛇信吐出，青葉於竿上銳利生出。曾於其中見著蜥蜴鼓動前頸，眼珠子轉啊轉，也有蚱蜢、蜈蚣匿藏底下，千足萬腳迎空踢舞，通靈般隱隱存在著。

竹比木材輕賤，卻較實木更具功能。纏上紅布迎空揮舞，可領鴿群去來；穿孔對嘴嗚嗚嗚響，時而悅耳時而魔音傳腦；帶葉青竹頂端繫條白布，喪葬時可作引路幡……竹林隱藏生機，似也通連著玄祕。

　　里長伯足跡經常出現路邊，挨家挨戶分送老鼠藥，民眾發生糾紛也會請他去評理。他嚴肅聆聽，額上疤痕顯出半月形。過段時間又見他拿著宣傳單於各戶發放，紅單上張寫著警醒字句——勿將垃圾倒進溝裡、勿堆放易燃及危險物品，小心可疑人物……他常趁此機會瞧望各家生活，順便察看自家賣出竹竿的使用情形——看板支架可仍管用？曬衣竿敢毋是潮腐？

　　剖半之竹於路邊立起一片片圍籬，青苔、水痕與陽光於上頭寫著密語。竹門開開闔闔，隱隱現出院內荒蕪、植物相連或逕自生長著。一根竹竿撐舉一家衣衫，兩袖張開、褲管連起如龍飛舞，一件件似被緊抓的紙鳶。橫竿張掛各式生活，天天串出又被收摺起來。

　　城市邊緣通連陰陽交界，善惡看似明顯卻也模糊難辨。橋邊的彬叔人似熱心，棺木上不了斜坡，他二話不說放下手邊的活便挺助一臂之力，而和鄰居卻常為著你家的狗追咬我家的雞而傷感情。啊，近河那幾戶人家老將河流

當作自家池塘。彬叔佔據橋邊，破桌面瘸木椅，貓狗死屍便往河裡丟，溫情冷酷混雜，臉上線條有粗糙也有細柔。

彬叔又佔公有地，鄰人怒氣沖沖地向里長舉發，里長伯不得不走一趟。彬叔家介於坡路與溪流交界，往上可直通里長家後院。里長伯卻喜歡自另一頭繞遠路，沿途經過羊伯的腳踏車店、古物商及小軍營，藉此宣揚他的管轄版圖，也證明他未尸位素餐，經常有做地方服務。那時里長沒人要當，除政令宣導時多拿幾份獎品，選舉時撈些油水，就靠平日替人排遣糾紛，憑藉人情多賣幾根竹竿。

幾塊錢的竹竿生意一天能賺多少？橫豎大家都過得辛苦！里長家的竹子也堆放在公有地，而這附近整排都是違建，怎麼計較，又如何計較起？唉，人與人間憑依情分，薄薄一層撕開就難看了！

里長妻子人未老已得一身病，關節疼痛無法行動自如，只能勉強操勞，滿臉皺紋顯出辛苦神態。竹的地下莖萌發成鞭奮力掙出地面，初生嫩芽經久長成硬竹，一如生命情節。竹撐起當時人的生活，里長伯既賣竹子也管鄰家生活，而他心底清楚，他能管的只是形式與表面。

彬叔一見里長伯便知火旺又跑去告狀。心底一陣罵，坡地遇雨鬆動，產權如何區分，誰家不是圈圍著鐵皮暫時生活。竹林接連荒地，人與萬物，相安無事就好。

一根新樂園香煙燃起共識。里長伯都來了，好歹總要給點面子！彬叔答應將侵犯到火旺地盤的那些紙箱收回，聲稱不過想趁有日頭，將潮霉家當拿出來曬曬罷了！

　　「日頭眾人ㄟ，敢毋是？」說著便自廢紙堆裡拿出一支酒瓶，打開瓶蓋仰頭喝了一口，隨而遞到里長伯跟前。里長伯聞著金門高粱嗆烈的酒氣，神智全然清醒，啊，生命但憑一口氣，有啥好過不去的呢！

　　一口溫熱經喉吞進肚裡，里長伯便繞著原路回去。軍營前仍有群小孩在那玩耍。走過三岔路，左轉往回家的路。竹無年輪卻生長快速，待竹節外頭包裹的鞘脫落，便不再長高，內部組織卻仍繼續生長。

　　竹籬與斜坡相依，放眼盡是生活景觀，縱然稱不上美也不忍心說它醜！我從來沒跟里長伯講過話，或許在他眼中，所有生命都該要像竹子，雨來濡濕，乾旱也要挺得住。

原載《福報副刊》2018.9.17

醺醉的隔牆

不清楚為何經常搬家，家當拆拆封封，取出重新歸位，一段時日後再搬上車，換個空間繼續往下過生活，一段段周遭人事串組起成長記憶。

酒醉的聲音

小四搬至臺南水交社南方，路邊紅磚牆越過三岔路便成竹籬和鐵皮，越往郊區，景觀越狼狽。新租屋從路口數來第二間，籬笆門推開，比意想大上許多的院子呈現眼前。平房斜對馬路，與兩邊竹籬夾成三角形，似停泊岸上的帆船，門前及斜坡風光盡收眼底。相較之前的住處，我更喜歡這裡。

從紗門進到屋內，客廳兩邊各有一方正小臥房，我和兄姐住右邊那間，隔窗與鄰家木板房相毗連。白天無人

在家，牆面平靜如未打亮的皮影布幕，漫漫長日，時間如膠捲影帶滋滋空轉，未有任何情節影像。總要等到放學，屋內才有生息回返。晚餐後蹲伏矮桌前忙寫功課，隱隱聞著紗窗外流動著夜氛。涼風穿透不進，蚊蟲被阻擋紗窗外頭，卻總有意志頑強者鑽入，於我耳際嗡嗡鬧響，啪地擊向小腿或自刮一巴掌，引來一陣氣惱紅腫。燈泡自頂上打出昏黃光束，有時成群白蟻急撲屋內，於燈下倉皇舞動翅膀旋即掉落，桌角窗邊盡成翅塚，蒼涼景象教人怵目驚心。

屋裡外隱藏各種懸疑。爸深夜才回家，媽操勞整日，頭一沾枕便呼呼大睡！我功課無法如期完成，經常帶著不安入夢。耳邊似有蟲鳴，蛛絲隱然交錯，黑夜與牆似有孔縫，透露姐夜歸及哥偷偷溜出的行跡……

小屋空寂，四壁環護著房內呼吸，直到各種聲響自牆外傳來，才覺察鄰居的存在。

「緊來啦——是沒聽到嗯？」疲累的聲音帶著憤怒。

「人是攏走叨位去？」

久等不到回覆，生氣加溫，然後便聽著有東西砸出。感覺牆外似有尖利物刺出，牆抖顫、冒流冷汗，於我緊閉眼前幻化青黃紅綠顏色。隔壁人家到底發生什麼事？小夜燈發出昏暗紅光，意識鑿透牆壁，於黑暗當中拚命探照……

後來知道隔壁有個酗酒的男主人，發酒瘋情形經常發生！

　　夜迷醉，天明後醉鬧者繼續昏睡。想睡的人必須醒來工作，酒氣滯留空中，牆外有著各種聲音，我於這頭如聽廣播劇般憑藉聲音想像各種角色——啊，那蒼老男聲酒蟲上身便失去理智，拳腳虎虎對著家人。病弱妻子無力抵抗，幾句氣惱話語跳針般地反覆——@%&*……驚慌之際總有一高尖女聲出線：「創啥啦？」一陣火爆強拉硬扯，小兒受驚嚇哇地哭出又被強行哄止住。木屋晃動，生鏽鐵釘鎮壓不住猛烈振動的木板，即便隔了兩道牆仍可感覺滿屋子衝突。

　　風吹葉落，貧窮沙石相互撞擊。原來鄰家大女兒嫁給不務正業的男人，與其在另個陌生屋簷下受苦，寧願攜帶幼子回娘家住。

　　「爸，你麥擱飲啊啦！」高尖女聲持續嚷喊，牆外傳來陣陣搶奪與抗拒推擠，酒氣濃濁，憤怒激烈拉扯：「我沒醉啦，酒擱去給我拿來……」

　　「你未賽擱飲啊！」

　　我瞪著水泥牆，隱隱感覺壁上綻開一條條裂縫，牆的兩邊旋將崩塌。

　　後來我家大姐回來做月子，小外甥夜半啼哭，便聞隔壁敲著木板牆嚷道：「是ㄟ創啥？吵死人啊！」

擁擠狹窄的屋裡無處可去，姐趕忙抱起外甥拚命搖。「嗚，寶寶乖，不哭哭，快睡——」

夜太寂靜，水泥磚牆與木板隔間只留數寸，冷暖滯留，相互碰撞或忽忽流動。

姐做完月子便回夫家，屋內又再冷清。牆兩邊如相連戲臺，這頭暗了那頭的燈便亮起來。過幾天，醺暖酒氣復自木板牆滲出，隔壁男主人又再醉酒，薄木板受著酒精撞擊，平靜的夜一次次晃動起來。

牆邊的女孩

一回走出家門，見與我穿著同樣校服的女孩自隔壁走出。她腳程快，迅速便就超越我。我跟著她，兩人沿著同樣巷道，進校門後走往同一棟樓。啊，原來她和我同樣年級，她讀忠班我在仁班。

小君個不高身手卻極靈活，長髮束在腦後，跑起來如松鼠前奔。常見她馳騁運動場，跳起來總比別人要高，手一揮便將球擊往對方接不著的落點。她矯捷的身手照顯出我的笨拙，我經常於遠處看她，欣賞她的自信與快活。小君知道我是她鄰居嗎？她可知我與她每晚隔著水泥木牆呼吸，一同感受夜的滲漏。啊，夜氛彎曲扭繞，酒語破窗跌撞傾倒。隔著木板，我不知小君正處於什麼位置、與她哀怨的母親相隔多遠？

環顧屋內，母親的酣聲於另一房間起伏，父親又再遲歸，母親的疲累因此加深卻也得到較充分休息。這時我不禁對家中的一切生出感激——感謝父親因胃疾滴酒不沾，也慶幸他不常在家，泥牆這頭於是得以平靜。

　　夜氛如水，眼底星光於黑暗中悄然升空，復於天明前藏回心裡面。夜昏暗，現實的光采微弱，是否所有屋簷底下都有憂患！舊時父親須於艱困環境下撐挺一家生計，強被壓迫的樹枝，便曲繞張吐出讓人不解的生命姿態。唉！各家風暴儘管有著不同主題，破落屋內往往躲藏一膽怯、叛逆女孩。

　　與小君她爸的酒醉相較，覺得自己的父親似乎高明一些，心中常不自覺地進行各種比較，並生發莫名的自傲與悲憫。啊，小君在學校功課如何我並不清楚，是否和我一樣或好一些？

　　印象中與小君最正式的一次交談是問她以後要讀哪一所國中，而她竟不加思索回說她不可能升學：「我哥哥姐姐都沒再讀了，我怎麼可能！」

　　小君神情帶著哀怨，如爬蟲仰望天空，氣憤之餘便怒瞪經過的多嘴鳥。我未料這問題會引發如此幽深的命運唱嘆，唉，春風不及城市邊緣，我突然又感激起父親，感謝他不論如何艱困決不剝奪我們的受教權利。船將沉，地將崩落，父親執意為我們留下一條繩索，讓我們即便遭遇風浪仍有翻轉逃生的可能。

風吹雨襲，蜘蛛於破落罅隙拉出另條絲線，危急之際得以盪往另一頭。

　　之後小君家被拆除，我偶爾會想起小君去了哪裡？那緊束著馬尾的身姿將迎風或鑽進哪一洞穴裡面？

　　疑問懸浮空中，夜裡隔著兩面牆，似聞陣陣發酸氣息於歲月中凝聚、消散……

原載《福報副刊》2018.12.20

失竊的庭院

　　城郊租屋前有座不小庭院，滿園樹木比我們更早進駐。七八棵愛文芒果樹高過於人，長條葉自褐轉綠，頂上累累花苞喧鬧一陣然後沉寂，每株僅留三兩顆果子。院子角落另外有棵楊桃樹，春夏開出粉色小碎花，引來蜂蝶盤舞，之後星狀果子陸續結出，滿樹歡唱起生之歌。忍著忍著終於按捺不住，於是摘下最搶眼一顆張嘴咬下，直覺那酸澀帶著強烈腐蝕性，讓人口鼻即刻皺縮一起！

　　陽光雨水催發，芒果持續茁長卻遲遲不肯轉黃，一旁有棵琵琶樹從未結果，鄰居曾來索葉回去煎茶，據說可以清肺止咳。另外有棵葉似艾草而更挺直，行家指說是香椿樹。民間自古便有「食用香椿，不染雜病」的養身說法，且因葉帶香氣可用來炒蛋。

　　不記得何時起家裡還養了隻三色貓，橘亮棕黑色背脊，肚腹雪白，並有個歌頌快樂的名字叫黑皮。黑皮有著

渾圓大眼，瞳孔變化迷離。灌木底下、綠蔭當中盡是牠的穿廊走道，蟋蟀、螳螂，壁虎與牠亦敵亦友。我上學時牠留家中或翻牆前去展開我不知的探險，待我回返，牠總迅速出現，愣愣等候我伸手撫摸前額與背脊。喵嗚，人貓似有靈犀，牠何以如此深情、經常撒嬌跟黏我？

黑皮端坐如鐘，喜歡陪我們一起看電視，瞧牠張大眼睛神情專注，彷彿懂得劇中情節。

年幼的我不懂得關愛付出，以為黑皮是我的永遠玩伴，未察覺牠日日成長，身形角色已有變化。一天無意察覺牠躲在角落，破布一掀開，竟有隻小貓膩在牠身旁。貓咪兩眼未張嘴不停吸吮，黑皮似天大祕密被揭發既慌且怒，將幼貓咬在嘴裡便要逃離。我氣惱牠何以忍心傷害親生子女，伸手欲搶救牠嘴下的貓咪，黑皮恐恐怒吼，倉皇逃竄。

黑皮變了，我似懂得卻不盡了解到底怎麼一回事，黑皮消失了好幾天，之後在天花板上被找到。牠瞪大眼睛已斷了氣，肚裡還有未及生出的貓咪。

我用滴管試圖將牛奶滴入小貓嘴內，牠張咧著嘴，惶惶飢渴，奶水逕自嘴邊溢流出來，黏濕稀疏的皮毛上頭。我拿塊布拚命擦拭，不知如何是好。過兩天貓咪不動了，微張著嘴似在控訴什麼！。

貓咪走了，院裡沉寂好一陣子！那年夏天提早結束，冬天異常寒冷。年後風暖，雨露催發，星狀楊桃一天天變

大，芒果越來越沉，深綠色果子遲遲不願轉黃，幾乎要觸到地面！

月有時隱晦或者陽光太刺眼，明暗相疊出褶痕。那天放學回家直覺院內少了些什麼，仔細一瞧——芒果全都不見了，一顆不剩！

枝條一一被剪斷，莖脈仍留欲滴乳汁！

柴門半掩，竹籬仍然分隔裡外，啊！香椿高個，你見著誰進來了嗎？冷靜的琵琶樹是否見著發生了什麼事？

這樣多果子宵小如何帶走，地上可有留下足跡？唉，終究沒能嘗到那滋味，想望落空，童年記憶留下另一件遺憾！

這樁重大失竊案不久便被遺忘，隔年春暖芒果花又開，青果留株或掉落，似乎不再重要！

原載《聯合副刊》2018.5.4

南北小吃店

　　舊時南門路自城郊一路通達臺南市政府，長長的路如直笛般吹奏我成長的曲調。從小學到高中，白天、日暮不停往返，其中「南北小吃店」的招牌一直存留印象。

　　那是家以麵食爲主的小吃店，由多位榮民合開，各地鄉音匯集，分不清誰是夥計誰是老闆。他們夏天多著墨綠色汗衫，冬季添加棉襖或夾克，一張張粗獷且具特色的臉孔，容易讓人與水滸傳裡的好漢聯想一塊。

　　那時家住郊區，往南經公墓可抵達高雄茄萣，天天看著送葬隊伍來來回回，感覺置身於陰陽交界。南北小吃是附近唯一的飲食店，喪葬旺季店裡經常坐滿人。母親將老榮民煮的麵一律稱爲外省麵，麵 Q 湯好又有飽足感，可買來作爲主食或當湯，我於是經常提著鐵鍋到店裡，便也熟稔其中情形。

伯伯們擅長製作麵食，常看他們於麵粉堆倒些水邊加邊和，粗大手心似有神力，黏糊麵團於其手下逐漸圓融，用力搓揉、對折拉開再合併，一條條精神飽滿且有韌性的麵條便就成形。有時他們會拿起尖刀重溫沙場身手，咻咻將麵團切分成小塊，擀麵棍靠近，手指靈動，麵皮包餡捏出元寶形狀，一顆顆水餃便如士兵排隊站好。

「小妹妹，麵好了！」

我經常看得入神——鄉音我似懂非懂，滿布皺紋的笑容卻讓我覺得安心。提著麵走往回家的路，路邊植有整排木麻黃，地上一根根針葉堆疊，從青綠到深褐色，上頭還有被風吹落、散撒的冥紙。眷村紅磚牆一戶戶毗連，牆縫裡有青苔潮霉正在蔓延。手提著麵不敢用力搖晃，並要加快腳步免得湯變少麵糊爛，踩著夕陽催促的身影，隱隱感覺鍋裡麵香自手指傳至鼻息，這條路因此洋滿溫馨。

我看不出伯伯們的年紀，也數不清曾到店裡頭幾次，之後麵買得少，倒是改買起酸辣湯。

酸辣湯與水餃是絕配，伯伯煮的酸辣湯更是我的最愛。大鍋裡加少量水，待大小水泡自鍋邊爭相冒出，伯伯便熟練地將木耳、豆腐及筍絲加入，接以豬血、肉絲⋯⋯鍋與火，水和眾食材似有相連默契。伯伯趁等候時間吸一口煙，眼縫與輕煙一同閃出亮光，隨口問我讀幾年級、考試第幾名之類的問題，說著手上湯瓢又舀了些料加進去。水火隔著鐵鍋相互牽引，湯料熟沸，鐵瓢舀些太白粉溶水

傾入，緊接著淋蛋汁、加烏醋、蔥花，連續動作如流暢的演奏曲。

最後伯伯將那精彩的湯品傾入鍋裡，全家人豐盛的一餐就提在我手上。我邊哼歌邊走回家，路上小說出租店裡還有我未還的故事，學校旁的雜貨店是自然老師家開的，我一邊走心思又胡亂蹦跳，不時提醒自己小心慢走。胡椒與香油氣味自鍋裡飄出，口中唾液不停衍生，家人正等著呢，腳步不覺地加快。

回到家將湯倒出，餐桌立即豐富。蛋花於勾芡湯裡散布精美紋線，烏醋則為湯汁添加誘人色澤。伯伯操槍拉砲的手勁換持刀鏟，火侯漫舞出經驗，此湯為藝術作品，料好夠味，那色香味飽滿景象我至今仍然記得。湯裡經常藏有不同驚喜——雞肫、鴨肝或脆嫩花枝、章魚鬚角，伯伯和善的笑容浮出，對鄰家女孩的關愛亦加在裡面。

南北小吃店，我記憶中永遠的美味餐廳。

原載《中華副刊》2015.4.4

火爐與煙囪

　　七〇年代的臺南城郊，物資即便匱乏生活空間卻較寬敞。馬路上人車不多，道旁有樹遮蔭。朝陽蓄足熱力行過馬路，傍晚於西牆外映染出整片霞彩，晝夜單純地交接。年少不懂何謂人生，直覺一天便是潔淨出門，換得一身髒汗回返，洗淨休憩隔天再出發，日子如是進行著。夏天太陽猛烈，輕易將人逼出一身汗水，冬陽看似飽滿其實薄弱，寒風刺得人直打哆嗦。生活機杼不停飛動，冷暖交相織出深淺紋路……

　　貧窮的年代一丁點資源都得珍惜。母親常說我幸運晚生幾年少吃些苦，仔細想來，時代變遷的關鍵或許在於能源型態。姐立船頭面對無情巨浪，因此練得一身刻苦勤奮，她們個個能燃煤球，於爐前和命運拚搏。煤炭燃出灰煙，紅燄夾雜濃煙將鍋爐啃咬出一身黑，水氣於鍋內啵啵滾沸，飯香便一分分溶出。

缸裡存留多少米糧是家中經濟重要指標，米粒珍貴一點也不容許浪費。姐掌廚，有時要我幫忙對爐煽火。我緊抓蒲扇拚命煽，看青燄轉紅漸地拔高，心底一興奮便使出渾身氣力再煽——炭火受我鼓舞，如阿拉丁神燈裡的巨人被擦拭後顯現，也像弄蛇人麻布袋裡的青蛇，一聽直笛吱吱吹起便探頭隨樂起舞……一旁的破落巷弄頓時成了波斯市集，輕煙鋪成飛毯，心神正欲踩將上去，手中扇子突然被奪走，只聽姐驚慌嚷叫：「飯燒焦了啦！」她氣急敗壞倉皇移鍋掀蓋——半生不熟的米飯已焦黑鍋底。

啊，怎會這樣？

姐怒瞪著我，除了「笨死了！」不知該罵什麼！

後來幸虧瓦斯爐取代了煤球，我七歲負責煮飯時家裡已有電鍋。爸媽常說我是吃飯鍋中間的飯長大的，或許我是幸運的米粒，既可免於在鍋底被燒焦，又受蒸氣眷顧，僥倖得以適性熟成，存留一身圓滿。

瓦斯雖然方便卻須花錢，一桶瓦斯經不起耗損，燒煮起來總是心疼。為了節省能源，父親便於後院架起一座柴燒熱水爐，以回收資源供應熱水。

木麻黃沿途相連出綠蔭，針葉於地上堆疊覆蓋著蟲蟻。自從家中有了那口爐，我便被指派去收集柴火，竹片

或木塊，目光行於路上，自動將物資分成可燃、不可燃。黃昏時經常蹲伏爐前，進行一次次的過火實驗。目光穿進爐口，瞧那火燄包覆樹枝，樹枝於火中皺縮，木片為火舔舐出焦黑紋路。爐火時而轟轟燃燒，時而難以繼續，為了維持熱力，便將所有能取得之物全送進去──紙屑，擤過鼻涕的衛生紙、考壞的卷子或寫著祕密的筆記本……往事一一被重新檢視記憶著。

火燒一陣，鐵爐漸地發燙，當時不懂火燒的葉子如何轉化成熱量，熱能又如何聚集、燒燙管內存水。直覺火爐似如魔鏡，青紅燄火映出潛藏憂懼，平日忽略的情節緩緩擴張，於眼前顯現各種虛實影像。沒人告訴我那一次次燒灼具何意義，它卻成為生活裡的重要儀式。

張嘴火爐必須不斷餵食，熱氣上竄，於爐間發出轟轟聲響，滿腹冤屈自頂上煙囪傳出，不停向天控訴著。曾見哥將蜥蜴死屍扔進火裡，爬蟲身體抽動幾下彷又活了過來；他有時拿火鉗攪動燃燒柴火，木柴燃燒旺盛，枯枝時而暴跳起來；有時他會將玻璃瓶扔入、或將香蕉柚子皮丟進火裡，看藍橘色火焰於爐中噗哧作響，嗅聞那被燃燒的生活氣味，感受實際與預期的差距……枯葉於爐中顫抖不已，生之能量轉成瞬間消逝的火光。能源於此轉換，省下的資源或可彌補其他生活空隙。

火伸利爪，灰煙騰架起一層層迴旋梯……焰火似帶魔咒，跳轉昇華為生命既有的景觀。凝視焚化爐，檢視一日

得失，悲喜化作煙塵撞擊鐵桶，喑啞或咳幾聲便逸空中乘雲飛去。一管煙囪通連天聽，隱隱傳達各種訊息。待鐵桶燙熱，抹去額前汗水，拍掉手上髒污，進到浴室打開水龍頭迎接熱水，心底便有種踏實感。

那時浴室與廚房一起，一旁瓦斯爐上還有前些天噗出的醬汁及殘留菜屑，兩片窗連著木造牆，上頭有鐵絲串拉起的布簾，青綠色塊上燻染著油汗，鵝黃底色漸轉成灰褐。布簾遮不住玻璃窗，感覺一道道隱藏目光等在外頭隨時窺探著。

舀水沖淋身體，感受枯葉轉換的熱能，兩手搓出泡沫，汙濁隨流沖走。躺臥缸裡感受水溫一分分涼冷，抬頭見牆角纏結著蜘蛛網，塵埃及生活碎屑沾黏上頭，靜止或隨風晃動著……

斜陽對著火爐，天熱柴少燒些，寒天燃盡所有，生活能量隱然流轉，心中火熱經雙頰透出或於思緒裡流轉。

日後見著長長的煙囪，總會想起之前的爐火……

原載《自由副刊》2019.9.9

違建冰店

荒郊路上的綠洲

　　小五時父親決定在家賣冷飲，於是將前院竹籬改成活動形式。日間將之卸下置放一邊，裡外打通，餐車推到前頭，庭院擺放桌椅便成店面。猶記攤車上置放一座玻璃櫃，裡頭放著煉乳、蜜餞和糖水，饞嘴蒼蠅總於其外嗡嗡盤繞；一旁放了臺刨冰機，鐵爪箝咬住冰塊，電源一開便自底部削轉出雪片。一碗冰賣出幾分清涼幾分甜，炎陽惱人，卻是逼迫客人前來消費的大功臣。

　　生意漸上軌道後，冬天兼賣熱食，熱呼呼的八寶粥於大鐵鍋裡加熱，糯米、紅豆、龍眼乾，濃稠滋味予人溫潤飽足感，多熱幾次，鍋底經常沾黏出焦味。也曾賣過香蕉紅豆餅，彎弧身形內裹紅豆泥，咬下有種綿密幸福感。而多賣幾天原味漸失，底部、側邊且生出霉苔，自己吃不完

只能拿去餵豬，母親見了好是心疼，生活四處有著煎熬痕跡，除了勤勉別無它途！

之後租屋到期，爲了繼續生意，趕忙另尋開業地點，正巧隔壁屋主急需現款願意轉讓，父親便籌錢接手。

一向賃屋居無定所，這回卻擁有自宅，榮景可謂空前！夏日酷熱，父親迫不及待要起新店面，便請工人速將小君家頂上的鐵皮掀開，浸泡酒精的木板一片片被拆卸下來、水泥窨迫碎裂，層疊昏暗的房子瞬間夷爲平地。鄰居紛來圍觀，指那狹長空地竊竊私語。我瞧望那曾與記憶毗連的空間，空曠中不知如何堆砌那猶然在耳的怨懟與辛酸。破磚朽木一筐筐掃出，過兩天管區拿來一張投訴狀，有人指控我們將違建屋全部拆除意圖重建。

「誰告的狀？」爸媽心底縱有猜測也不能說，只能加緊馬力，趕被勒令停工前儘速蓋好。夜燈燃亮，老水泥匠持拿鐵鏟不停塗抹，昏睏打盹仍然勉強趕工，父親酷吏般催生他的營生殿堂。風扇快轉，水泥倉促乾涸，隱然映現之前不曾有過的青亮。而後木條一根根被舉直或平放，木工執拿狼頭對空使勁，鐵釘刺連兩木交接，釘釘聲交響，木框如籠架起，月光重被分割。熾熱燈泡躺臥刺鐵網中，似摔傷被包紮的星辰。木框交錯，薄木釘上，黃棕色條紋自牆面接往天花板，一幢新屋便就完成。

第一次走進那屋子，感覺如入立體方盒，目光沿著木紋行走，便跨往另一空間。星月顛倒，今昔未來如骰子般

翻轉，又似萬花筒裡的花片組合不同圖案。木板於牆上架起層層方框，飲料一瓶瓶擺上，彈珠汽水、黑松沙士、七喜汽水的青綠玻璃瓶由業務送來，還在試喝階段。

　　紅豆、綠豆、蜜餞冰⋯⋯甜膩滋味保存於冷凍櫃，大底座映像管電視面對著馬路。珠簾垂掛，神主牌位安於走道口。煙香清冷，兩旁小紅燈熒亮著夜氛。霧水凝結屋外，星光駐守或被銀河沖洗，亮光一層層溶解。木板牆阻擋些許風沙，卻擋不去炎熱與寒冷。

　　穿進走廊先到爸媽的房間，一張雙人木床四圍堆滿雜物，隔壁三面牆當中全架起通鋪，我與哥姐便住裡面。房間有窗卻不適合開敞，桌椅上衣物經常堆積如小山。一小檯燈彎折著身軀，偶爾燃亮，室內仍然昏暗。

　　夏雲灼熱，柏油燙腳，紅磚似要冒出煙來。爸汰換掉之前的兩輪攤車，「相逢亭」招牌重被掛出。冰店位於彎往第一公墓的路左邊，自墓地那頭前來，也是唯一像樣的飲食攤。冷凍櫃轟轟運轉，冒汗玻璃櫃裡曲繞著結霜鐵管，這由冰、糖組合成的綠洲於路人頭昏眼花時出現，提供休憩與食物補給。

橄欖球隊坦克隊長

　　冰店對面相連著建業、亞洲與六信高商，越往前越近人鬼交接處。六信橄欖球隊如魔鬼特攻隊般具有超強威

力。健壯身軀常於清晨奔跑路上，瞧他們一個個膚色黝黑，嘴裡不時蹦出激烈答數，五四三二一……充滿精神力道的腳步重踩出前途。傍晚整群人又自另一頭累狠狠奔回，粗獷身形如沾泥漿，髒汙汗水沿路滴灑，與食草回返的羊群會合，落日正圓，一幅令人難忘的力美圖景呈現眼前！

　　橄欖球隊員將粗硬皮球挾在腋下，跑破球鞋綁掛胸前，氣力隨汗流盡，一身著過火的疲憊身軀急需浸泡冰水，我家冰店便成為他們流失體能的急救站。刨冰拚命繞，冰磚一塊塊縮小，雪片堆積成小山，我救火般於各桌間端盤遞碗，似轉繞於將噴或已爆的火山……

　　五官分明，號稱坦克的隊長來自高山，他一口氣能吃三碗冰，幾乎整碗直接倒進肚子，接著仰頭灌著汽水，火氣稍微和緩，才有氣力與精神說話。他常說：「球要是打不好，就必須回去種田了！」一旁隊友回道：「你有田耕種還好，我們只能去當小工……」，頓時那球如護身符，丟得出接得住，才能繼續在球場上奔馳。

　　烈日高張，空氣燃爆各種彩色火焰，天越熱，停棲店前的饑渴神情越強烈。之後我穿上光彩的高中制服，放學後便於冰水間忙碌起來。一碗冰三五塊錢，銅板聲控地丟入鐵盒，堆疊供我溫飽及求學的花費。

　　長路向前延伸，前門敞向馬路，側門對著一塊空地。夜裡燈光熒亮，長條冰店如船樓停岸邊，珠簾後的昏暗走

道引人無邊想像。一晚有輛自用車停於店前，男子搖下車窗問我裡頭可有雅座？我搖了搖頭，不太懂得什麼是雅座。旁邊女子衣衫不整依躺他腿上，男子失望地將車開走。見那車消失眼前，我心底有些迷惑。抬頭望，群星分布天上，彎月如鉤，清朗天空滿是疑問。

天涼後來往客人轉需溫暖，冰塊偶爾才被取出，手心每每被凍紅。紅豆湯於大鐵鍋裡持續加熱，表面稠結出一層麵皮、糯米粒煮出一身滑潤、桂圓裂開身軀，一朵朵如花漂浮，滋補溶於湯裡，母親將之舀進碗裡，我趕忙端著熱煙，快步送到客人面前。

馬路如河，四季於岸上接連演變，坦克身披夾克，土色外衣沿路沾附灰塵。一身被曬脫的皮層收斂起來，蓄勢待發的能量持續積累。嚴冬清晨仍聽見坦克帶隊跑過，嘿嘿哼哼……熱氣自鼻呼出抵禦體外寒凍，與早放羊群不期而遇。

木屋不敵寒冷，離開孵整晚的被窩煞是為難！我踮著腳尖，不敢觸碰冰涼地板，刷牙洗臉步驟拚命減省。冰冷的衣服凌虐肌膚，層層穿載考驗體型與耐性。好不容易裝束完畢，推開店門，冷鋒迎面刺來，啊，生活怎會如此艱難！埋怨正要生出，只見坦克一行人呼呼哼哼自跟前跑過，渾身散發著活力。我於是咽下怨言，挺直腰桿，將雙輪踩向前。

「賣冰ㄟ，加油喔！」

我牽動乾裂嘴唇回以微笑。見那粗壯健腿跑過，於滿蓄爆破力的生命跟前，總覺自己的存在如此微不足道！球場是另一沙場，我的戰場在校園，被指定的前路，遠方有紅綠燈熒熒閃亮。

　　寒流推動日月，天寒復熱，四季腳步迴轉，羊群被驅趕靠向路邊，忽忽便奔向馬路中央，車被堵住，有時險些撞上！

　　夏陽熾烈，冷凍櫃玻璃冒出冷汗，鐵管上結出的薄霜隨即溶解，水珠排掛上頭。刨冰機轟轟運轉，與烈燄持續角力。店門前拉起遮棚，陽光仍然燒燙地面。父親積極欲要擴展冰店業務，借款買來一臺霜淇淋機器，十四萬當時可買著極好的二手車。最時髦的冰品擺放店前面，草莓、牛奶、巧克力，濃稠原料倒入，木板紙箱覆蓋上頭！製冰機拚命轉動，炎陽熾烈干擾，冷霜如何吃力也凝結不出，一如父親的財務！

拋物線與前途

　　坦克有著壯碩體魄，深褐臉孔看不出喜色！橢圓形球沿著拋物線丟出，於成長路上彈跳、被接著或落地，一身活力前奔後退，相互碰撞著……之後有好一段時間未見他出現，球員零星，如路上漸少的羊群！

球場有輸有贏，英勇身影一出球場便步上坎坷路。後來聽說坦克回到部落，同伴有的轉往工地，挾球飛奔的身影挑起磚頭，於鷹架上衝鋒陷陣！

　　那時，讀書被認定可通往光明路，前景由書本鋪墊，光彩學號諭示未來前途。貧窮潮浪一波波襲來，姐坐船頭，必須幫忙用力划槳，我幸運坐在船尾，多少亦感受著現實造成的暈眩。

　　墨綠色書包掛於車後，校徽如將綻花蕾等候接收知識養分。白天在學校強打精神，日西斜趕忙踩踏鐵馬回家，遠遠便見剛放學的學生擠在店前，嗜甜螞蟻聚集，冰店似將被攻陷。母親忙將紅豆、杏仁豆腐酌量舀進盤裡，一手操著電源一手轉動碗盤，讓碎冰勻稱堆累、或被等付帳的學生團團圍住。我急忙停車衝進重圍，和母親並肩連手對抗外來勢力。刨冰器續轉，雪片堆積，一瓢糖水自頂上淋下，雪山便開出焦黃洞口，五彩珍寶顯現出來。

　　夏天製冰，寒天燒湯，四季自有不同商機。身上的制服帶著甜膩滋味，胸前學號如變形蟲般皺縮、扭繞……夢裡似聽見對街牆內有渴切聲音壓低呼喊──綠豆冰、冬瓜茶……

　　霜淇淋機器持續運轉，天寒冷硬天熱溶解，店前帆布遮棚逐日褪色，風吹起便上下晃動……

木紋模糊，神桌頂上燻灼出一環焦黑。後來資金難以運轉，冰店只好頂讓予人。過幾年附近違建盡被拆除，冷暖記憶溶於陽光，於新建馬路上迴盪……

原載《聯合副刊》2019.4.4

誰不會騎腳踏車？

　　沒人知道哥何時會騎腳踏車，如魚生來便會游泳猴子會爬樹，而我便不一樣！單車其實並不簡單——雙輪易倒，手扶、推行須以適當角度，何況還得跨過橫杆、腰桿挺直雙腳分踩兩邊踏板維持整體平衡。啊！此技太難，非我能夠立即完成！

　　哥筋骨強健，生來跑得快跳得高，於我眼中形同特技的單車他卻能操控自如。鐵連其身，前轉後退左彎右繞，正路太單調，哥還喜歡將它轉換成花式。變速器不停切換段數，坡路無法滿足他期待的起伏，他更試著放開扶手，左手以右手接替，然後兩手一起移開。前輪不偏不倚持續往前，他將兩手交叉胸前，黝黑面孔露出神奇笑容。

　　腳踏車是哥操控自如的玩具，對我而言卻是蠻橫支架及鐵鏈的組合。手扶車把牽著鐵馬，肩歪斜，右腳屢被繞

轉的踏板給打疼，如何也對不著和諧角度。小學快畢業了還不會騎腳踏車，非但不光采且爲成長過程的明顯缺憾。

將讀的國中在二公里外，騎腳踏車上學最合適，母親於是將這任務交讓哥完成。哥直嚷著：「腳踏車哪需要學？坐上去兩腳前踩就是了。」他帶我到空地，要我兩腳各踩一邊踏板，待車前行坐上椅墊，「腳一直踩就是了！」

不可能啊！兩腳怎可能一起懸空？我的腳顫抖，車傾斜，踏板卡著無法順利運轉……

「腳要踩啊，幹嘛不踩？」哥的嗓門大了起來。

「上去啊，妳的腳要踩啊，腳不踩車子一定會倒的——」

說時遲那時快，車果然倒下——我啊一聲，哥欲扶住車已來不及——我被壓在車輪底下，哥脫口一聲「笨」便走人。

我嘟起了嘴，鐵馬著實不友善，我和它沒默契，笨拙手腳無法連上它的脈動。

國中入學在即，如何到學校去？

夜裡自屋裡往外看，庭前雙輪轉動，微傾身姿一上路便直立起來，雙輪與路交接，連出一條無形前路。紅燈停綠燈走，如幻燈片輪軸繞轉，於熒亮圓月前畫出動人彎弧……夜氛似水，匯聚成河，雙輪如舟划行然後飛起，載我前往想去之處。我兩手鬆放像哥一樣，雙輪墊起的高度適可看往夢寐以求的距離。微笑花開，青春正做巡禮，視

野隨車啪啪運轉，一眨眼，便自座椅上跌落，雙輪空轉，我仍無法騎上車子！

　　腳沒能帶動雙輪陷落原地，除了母親，無人能夠理解我為何卡關——就坐上去啊，身體與車如風和樹、河水與船身，應可自然協調出運行節奏。而我卻無法抓到訣竅，腳掌搆不著合宜施力點，車傾斜，膽怯輪軸一次次顫抖跌落。

　　除了再練習沒有其他法子！姐和父親分別帶我去練車，爸說如打拳只要掌握關鍵招式不就得了，勿怕摔，真的不難。姐帶我到她學會騎車的地點，告訴我：「從這斜坡滑下去就對了！」

　　下滑就對了？我被迫將車推至上坡，姐扶讓我坐上座椅，幫忙助跑一陣然後放手，以為風起紙鳶便將升空，向雲接近。而當察覺後頭力量解除，渾身連車便顛簸起來……碰一聲摔下、再摔，腳擦傷、瘀青、滲出血來，心理障礙越積越厚。

　　或許每個人都不一樣，鷹鴉輕鬆盤飛，雀鳥必須奮力振翅，至少牠們皆飛上天！鐵馬於陽光下閃耀刺眼金光，入夜如駝、馬出現夢中，丟擲套繩將之馴服，登坐上去，右腳一踢便載我向前奔馳。

　　一覺醒來，只見戶外腳踏車掛滿露水。

　　開學日漸近，家人眼神含藏催促。附近無公車到校，家人沒空載我！

解決辦法只有一個——騎上車去，一思及此，內心不禁焦急難過了起來！

　　十段變速已無法滿足哥的好奇，他於路上彎轉蛇行，捲起的盤帽如西部牛仔，胯下鐵馬任他操控自如。那天媽要哥載我去街上買湯麵，回程哥忍不住要秀他放兩手的技倆。我一手提麵另手牢抓著後座鐵架，哥如神燈裡的巨人，兩手於胸前從容交叉，地上影子如連環圖畫。我坐於車後分享他的聰明靈活，突然地上一顆石子不預期出現，車翻倒影子散亂。哥狼狽自地上爬起，驚慌問我是否被熱湯給燙著？麵條混著汙泥，菜湯被砂土吸盡，我瞪著哥不知如何是好！

　　哥趕忙帶我回麵攤再買兩碗，並囑咐我不可跟媽說！回程時哥腳下雙輪空前安份。

　　腳踏車具倔強性情，我無法駕馭它。學校仍在二公里之外，我終須面對這難題。那天下午鼓足勇氣推著姐的車出門。先牽著走段路，坡路過後再踩踏板，左腳前踩右腳助跑，車前行風跟著流動，一種愜意感覺撩撥起我的企圖心——或許今天就是那重要的一刻！右腳跨過鐵杆，兩腳踩著，於顛簸中摸索平衡與節奏。雙輪如蹄前奔，我心跟著飛揚起來，前踩、再踩，漸痠的腰桿促令雙臀坐往座墊。

坐上去吧，兩腳持續踩動身體挺直往後挪些便可，再一次，如衝浪者等候長浪，一次再一次……臀將登往座椅前的零點零一秒，巨浪散開，衝浪者自衝浪板上跌落下來，車傾斜，我腳踩兩邊地上硬撐著。

就差那麼一點！等下波浪來，再試一次，一次又一次，之前的恐懼此刻全然消失。巨浪捲來，雙臀前推後移，舉高、壓低，再往下壓低些——啊，我坐了上去！雙腳前踩，三五步，重來、連續動作重播，前行、風拭前額，清楚感覺著自我超越的成就。再往前騎，暫停距離越拉越遠——我會騎車了，心底興奮叫嚷著，並想著如何讓家人知道。

車越騎越遠，行至水交社人車漸多，心情如遇亂流般緊張起來，又強令自己調好呼吸頻率再試，大彎弧小轉繞都要熟練，情緒正當熱切時正好有輛公車迎面駛來，我張大眼整個人被懾住，人連車摔倒地上……

路人圍了過來。

大車小車並未撞著，我重跌地上痛得無法起身——心底喃念著：「我沒事，我會騎腳車了……」這時哥剛好騎車經過，見我坐躺地上，他瞪大眼睛，神情煞是緊張。

我趕緊忍痛自地上爬起，推車自圍觀人群中走出……

哥於我後頭跟行，見我似乎沒事，便咻地自我身邊飛快騎往回家的路，我想大聲嚷說：「回去不要講！」他已不見蹤影！

我推車慢走，心底不停吶喊：「不要說我摔車——我，我會騎腳踏車了耶！」

　　　　　　　　　　　　原載《福報副刊》2018.6.28

鐵馬地圖

　　印象中的臺南由一條條街道組成，記憶總隨著腳踏車，從路的盡頭喀拉喀拉騎出，於青春歲月中一天天往返。

　　南門路自城郊延伸往市中心，那時家住路尾的公墓附近，經常聞見嗩吶聲響，引領送葬隊伍經過門前。童年時便常沿著木麻黃公路走，踩往路邊高低起伏的墳塚。陽光滌濾煙塵，一方方墓碑明暗著刻文，雞母珍珠於一旁哭紅眼睛，夏蟬及螢火蟲日夜輪守。

　　就讀的國小就在對面，總聽見鐘聲才慌張背起書包衝出門，矮牆堆砌路邊，渾噩的學習印象便這麼層層向前推。小學畢業後，路兩邊的同學各被分往不同學校。我讀的國中離家約莫二公里，從此只好登上腳踏車，喀拉喀拉騎往另一頭。健康路與南門路於半途交會，體運場及棒球

場座落右手邊，外圍則接連著忠烈祠及竹溪寺。以前爸常騎車帶我到那裡，遛達兩圈便騎往豬血湯攤位前，一人一碗呼呼吃將起來。爸神情威嚴，我只敢默默地吃著，偶爾抬起頭見他正在看我，便趕緊低頭或將目光移往另一邊——熱騰騰的大鍋裡，黃綠色韭菜漂浮上頭，豬油爆香湯底，一股帶著胡椒味的暖熱氣息縈繞，那滋味至今存留記憶。

爸喜歡騎車載我，他沉默前頭，我於他身後東張西望。十號公車終點站位於水交社市場前，住家則於巷弄中一間間毗連，車輪喀啦喀啦運轉，記憶搖晃跟前……之後我自己踏踩雙輪，迎往英數理化鋪展的前途，懵懂渙散的學習歷程逐漸步上軌道。

車輪繼續轉動，理想學校就在前方不遠處，爸眼底露出光采，不曾言出的期待藏在心中。

聯考那天爸親自帶我到考場，忍住叮嚀，目送我進教室，於樹下遠遠守候著。七月陽光炙烈，一份蘸滿祝福的理想亟待實現。

鞭炮於家門前霹啪響，爸臉上綻露欣喜。拜過七娘媽，完成十六歲成年禮，腳下車輪頓時飛快凌亂了起來。同一條路，不同的距離和騎乘速度，紅綠燈越來越多，急

欲衝闖的心情一天天激越著。自南門路底飆騎過來，右轉大埔街遇著了上坡，踏踩不到幾公尺便上氣不接下氣。學校紅樓以莊嚴之姿迎我，我心卻焦躁難安。椰林自操場邊排向大門口，青葉拂拭藍天，啟發同學通往康莊大道的壯志。而我偏愛留連酸果樹下，彎身撿起那不起眼莢果，一顆顆撥開送進嘴裡，品含那酸澀多於甜美的成長滋味。

鐵馬跌跌撞撞，上學路上經常掉鍊，一下課又意氣風發了起來。炎炎的夏天，太陽於下山前急要耗光熱力，趕忙跟同學衝往府前路的莉莉水果店，眾人圍搶一碗冰，將冰塊於齒間卡卡地咬碎，滿腹火氣才稍稍地減緩。而西天仍然美麗，捨不得直接騎往回家的路，雙輪又喀拉喀拉地繞轉，將夕陽混拌出五顏六色，待月芽露出，四圍逐層暗了下來，才心虛疲累地回返家門。

平地起伏著坡度，陽光經常刺眼，一失神，腳踩空，車便傾斜搖晃，燦爛的學號逐日褪色，自信於學習路上散落一地。

紅磚禁錮青春，心思卻常攀出牆外，至鄰近的延平郡王祠遊蕩，嗅聞肅穆花香，於古跡氛圍中悠悠恍神、或讓洩氣輪胎於路上硜硜跳動任性彎轉、時將鐵馬拴於老街，於紅磚步道上踽踽行走……落寞的心踅進孔廟，倚靠牆邊或靜坐階梯前面。平常這綠瓦紅牆庭院只有老人家兩相對弈，廊柱靜默，榕樹張開寬闊胸懷，輕風徐來，低垂的氣根輕輕搖擺，弦歌之音隱隱現現……

這清幽院落每年於祭孔大典時最熱鬧，那天爸總會起個大早，帶我擠到廟堂前，觀看著紫色禮服童子於紅地毯上隨樂起舞，禮樂莊嚴，爸虔敬的眼神頻頻看我，似提醒我專心感受聖賢教化。祭典結束後，更拉著我前衝，搶拔黃牛耳目間的毛囊智慧。

　　之後功課退步，爸不曾有過責備，我心裡的罪惡感卻一天天加深。人車環繞舊市政府前的民生綠園，心情跟著惶惶轉繞。常和同學坐於圓環公園，看著繞轉時針，倒數聯考日期，欲想振作的念頭時時興起，卻又擔心為時已晚。圓環另一頭接往中山路通向火車站，前站補習班林立，後站則是成功大學，升學之路於此分岔，已到決定性時刻。腳踏車喀啦喀啦轉，現實與夢想輪軸同時向前走，只得緊抓著手把，賣力迎往升學陡坡。

　　酷熱的考季下起一場大雷雨，走出考場，爸撐著傘在門外等候，他忍著不問我考得如何，只陪我一路走著……環看周遭熟悉的路與車，心情頓時沉重了起來——棲停的腳踏車何時才能再轉，轉回我的成長之路！

另種窗外

　　拉開竹籬門，右轉踅過馬路，沿著國小圍牆行到臺南水交社，那是我平日最常走的路。小學畢業後，同樣住在南門路上卻屬不同學區，馬路成了嚴峻分水嶺，同一班人命運分流兩邊。從此我便踩上鐵馬，越過懸有紅綠燈的十字路去上學。白衣藍裙，冬天卡其服圍繫赭紅色領帶，生活拋往另一種迴圈。

　　學校座落巷口，校園當中幾幢樓房並列，其間裝點著水塘與花圃。紅白日日春盛放，光亮玻璃窗一律推至正中央。教室不似國小兩人並坐，長桌變短，一人獨據一方狹小空間。國英數理化體健，課表被排滿成一門門功課。頭髮規定齊耳，旁分往右邊以黑夾子固定住，我蓬亂的硬髮常被緊束呈三角形。

理化老師 Y 剛自大學校園出來，站在講臺仍然青澀，執拿粉筆之手時將覆額留海撥到後頭，引惹臺下陣陣騷動。我坐在前排，深刻感受前所未有的震撼，不知不覺便深陷了。

　　落葉隨風，一片片美麗帶著強賦哀愁。

　　週期表縱橫排列，各種化學變化紛紛進行著。Y 笑起來帶著瀟灑知性，自臺下仰望臺上身影，讓人目眩心迷。我將橫寫筆記簿畫出整齊直線，一字字整齊刻寫上去，只恨功課沒能多一些。理化課成為課表亮點，實驗室是學習天堂。室外菩提樹連成涼蔭，一顆顆心葉向陽生長，初生嫩黃，葉脈浮出漸轉成亮綠色。我喜歡那片樹林，更喜歡一旁的實驗室。

　　實驗室裡存有各種神祕物質，Y 像吹夢巨人，常帶給人意外驚喜。硫酸銅於酒精燈下加熱，試管內逐地生出水氣，Y 額上凝出的晶瑩汗珠最是動人；鉀鹽加熱燃出紫色火燄，看在眼裡變成各種絢爛彩色；明礬倒入熱水攪拌再傾入透明容器，一根根漂亮結晶便自生成……許多不曾想像的情愫漸被溶出。

　　風吹起，青黃葉片窸窸窣窣，心情經常輕盈飛起。窗外有藍天，白雲自玻璃窗映入眼簾。教室如森林，Y 一走進來，鳥獸急飛亂竄，棲停枝頭或鑽進洞穴露出一雙雙大眼睛，情感啟蒙各自進行著……

喜歡一個人除藏放心中還能怎麼辦？星光太遠，草叢飛螢兀自閃亮，化學式箭頭向左向右，心一紛亂便常指錯方向。啊，為顯白皙傻到拿雙氧水塗臉，拚命用橄欖油抹壓飛揚的髮絲。鐵馬迎風，上坡費力下坡得抓緊煞車，車身於是顛簸搖晃。

那回班級戲劇競賽演出天方夜譚，我扮武士揮鞭追逐前方女奴。臺上燈光熾烈，Y的目光坐於臺下，當時只恨自己未能選擇扮演角色，讓Y更清楚看見我。腳步兀自踢起輕愁，碎石經常擊痛腳指，下課時奔往辦公室，面對Y，拿著課本三言兩語後便不知要問些什麼！真正的疑惑無法說出，想要吶喊的心事只能強忍住，胸口經常燥熱著。

日夜接壤，夢與現實摺疊一起，心思常於黑森林奔馳，但見一雙雙目光於暗中閃亮。夢中公主沉睡，彩色菌菇自枯草腐葉中生出，深邃葉色層層堆積，水霧夜氛兩相滲透。落花似掉落地上的剪紙，忽地化成彩蝶翩翩飛去。麋鹿歧出雙角如對稱樹枝，羚羊虎兔前後追逐，小木屋裡隱約有著溫馨亮光。

Y是同學掛在嘴邊的吱喳話題，水霧於月下生成，汗水一顆顆被車輪碾過，木麻黃針葉勾勒著成長畫面。紅磚、竹籬被陽光遺忘，復於月出之時顯出另種色澤與姿

態。啊,那些莫名生出,急忙實踐卻屢屢失落的情愫不知如何藏放!

回家路上兩旁住家牆圍不高,磚紅靛紫於日曬雨洗中褪色。房門多半掩閉,偶有男女操持各地鄉音出入。一回經過正巧有戶人家大門半掩,裡頭似有人影晃動。這才發現一旁掛了塊木板,上頭寫著「小說出租」字樣。於是好奇進到裡面,只見簷下擺放一櫃櫃書櫥,書自底層往上疊高連成特有風景。

「來看書嗎?」拄著拐杖的男子應是書屋主人。

我不確定自己想看什麼,目光於書林中流轉──倚天屠龍、神鵰俠侶……書未掀開刀光劍影銳利刺出,血流將噴,目光趕忙逃往另一邊,瞥著咆哮山莊、亂世佳人……視線再轉,見著了六個夢、菟絲花……一個個美麗名字亮出光彩,隨意選了本便往回家的路。

十二月天,寒風刺骨,電視劇《寒流》片頭曲於街頭迴盪著悲淒……腋下挾著那書似手上操持船槳,疾疾划向想去之處。翻開書擦亮一根火柴,於燃亮火光中照見自己始料未及的心緒──之前對於喜歡這事總是懵懂,喜歡是不討厭,抑或比那更多一些。漸地覺得喜歡不應只是跟著同學講ㄚ的事情,如翻閱欣賞漫畫書裡的男主角;喜歡該有互動並能觸著溫暖,還要有多一些難過與感動。啊,我兩眼埋進書頁,情緒跟著故事情節起起伏伏,眼眶裡有淚、角嘴不覺含笑……

Y的手在黑板上滋滋寫著化學反應式，我卻想起彩雲飛裡涵妮捧起海水對著孟雲樓說：「倘若手中的水泡消失了要去找尋另一顆……」，風吹起，逐浪之船細數著沙鷗，迷離雙眼含著鹹潮氣息。一眨眼只見眼前窗簾虛掩，昏暗中似見門前垂掛著串串珠簾，一串珠裡藏著一個夢、一分溫柔……未料Y這時突然回過身，瞧見我正發著愣，深邃目光於是皺了下眉頭。我趕忙低頭抄著筆記，唉，燃點達不到，化學反應無法進行，箭頭兩邊沒有對應關係，便只能安分沉寂！

　　Y是不容攀登的山嶺，卻為我虛幻的情感提供投射身影。腦裡不斷映出費雲帆徹夜為汪紫菱彈奏吉他手割出血的情景……夢與音符屢次散落復重組，我於書中一次次談著戀愛。花五毛錢日租便得一段情一個夢，我頻繁出入書屋，李大哥察覺我的沉迷，好心提醒我這類書不要看太多。他自座椅上站了起來，腳因過度用力還微微顫抖著。

　　如何看慢些？只好將迷戀的情節反覆看了好幾遍。

　　兩腳踏在雲中，現實世界堅硬的路面常讓我不舒服。路邊山丘後頭是空軍營區，月不經意爬升，昏暗移出一片清朗。守衛士兵身著草綠軍裝，營前圍著拒馬，紅磚牆靜默，在那不許張揚、騷動的年代。

　　我盡量放緩腳步，心情卻難免激越，心底有棵苗栽逕自茁長，迫切需要情愛澆灌。推開門，李大哥站在書架前或於藤椅上打著盹，一見我便問：

「考完試了嗎？」

多麼希望他記性不要這樣好，而前來借書的人寥寥可數，他很難不注意到我！不知他的腿為何無法站立、架上的書他是否全都看過了？他可也有夢，可曾在紅磚牆內想像牆外熾烈陽光、想像一牆之外還有一牆，牆與牆間圈繞著各種人情演變。

日月輪班，黑夜白天夢與醒，制服領帶不覺歪斜著。

短短一年 Y 便離開，前往我無法想像的未來，言情書沉默回歸架上，對於感情終究似懂非懂。

出租店房門仍然緊掩，之後經過便忘了它的存在。李大哥應還在牆內，一次次拂去書上塵埃。那些曾於夜裡顯明的形象終究消失……

腳踏車匡啷匡啷，藍褶裙被坐出一片白，然後換上黑裙，至更遠處去尋夢，找尋那曾經嚮往的身影與情愫。

原載《中時副刊》2019.8.27

閣樓上的天空

　　年少時常騎著腳踏車四處遊蕩，時而跟跟蹌蹌，時而跌跌撞撞，而最讓我深刻難忘的，是蟄居新町閣樓的日子。

　　從臺南中正路騎往運河方向，附近的路交錯成棋盤，越往南騎路越狹窄，康樂街那帶曾經聚集紅燈戶，為名噪一時的風化區。高一時搬入，家就住在從前姑姑開的妓院裡面。穿著光鮮制服於花街柳巷中穿梭，內心湧動著莫名感受，曩昔的喧華沉寂，化作都會角落裡的一抹抹塵埃，人情風華暗地囤積，於迷離光影中幽咽不已⋯⋯

　　習慣將腳踏車泊停巷底，自水泥牆邊趑進樓梯間，眼前通常一片漆黑，循著潮霉氣味步上階梯，意識提著腳

步，就怕冷不防地踩空跌落。樓梯拐角是間狹窄公廁，幽微的小燈薰染凝滯臭氣，左彎前走，護欄內停靠整排的小房間，上頭結著一層層蜘蛛網，當年的風流已然封鎖。再往前，右手邊分出更陰暗的走道，幢幢陰影隱隱現現。

登至三樓，迴廊間有塊小庭院，陽光穿透不進，庭中有窟小水池，經過時偶聞潺潺水聲。

誰住在裡面？

一次經過，便納悶一次！這棟樓住的人不多，每張面孔皆如謎一般。繼續往上，一道木門關鎖住樓梯口，裡頭便是我家。

那是頂樓加蓋的違建，四面皆窗，門推出去，潮鏽鐵欄圍出一條狹窄空間。自陽臺外望，鄰近高低起伏的屋頂盡在跟前，一根根天線遙相對應，向天散放生活訊息。對街的太子飯店樓層最高亦顯得最貴氣，彩色玻璃拼貼出華麗視窗，水泥牆板上裝飾著龍鳳將飛的圖案。瞇眼迴望，凌亂視線切割著晨昏歲月。

那時我滿腔豪情，陽臺外的天空便成為我馳騁想像的高原，站立其中俯瞰四方，平臺下偶有窗景開敞，流瀉出萬象人生。清晨意識清新，喜歡拿著英文課本於上頭朗讀，感覺自己就站在世界屋頂，唸著唸著，便可唸出一條前路。也常失神隨著周遭的景物起舞，煙塵漸地蒸騰，群鴿舉翅，搶著撐開等候整晚的意識，想要遠颺，卻只能依循既定的路線。

昏暗的階梯來回行走，經過三樓，目光總忍不住向內瞧。

　　據說裡頭住著當年的風月名花小紅，她為家、為父、為了罹患先天性心臟病的弟弟犧牲自己下海。多麼老舊的身世故事，而我仍然掩不住好奇，持續臆想那花容如何於尋芳攀折中勉力生存，又如何將性靈一分分變賣，用以滋養成就親情……迴廊曾經關鎖多少歡愛，滯悶空氣裡是否匿藏著呢喃與輕嘆……

　　聽母親說姑姑當年於貧困中歷經苦難，因緣粗暴驅使她作此營生，卻也因此收容許多苦命的女人。母親曾在這裡幫傭，那時我是她的小跟班，印象中母親經常跪伏地上，兩手拿著抹布不停擦拭，從底層清潔到樓上。至於其他女人，她們鎮日圍坐一起，陸續起身重又回返，樓層間的事讓人似懂非懂。

　　疑惑埋在心底，關於命運誰能全然懂得？

　　直到有天母親說出那段陳年往事，方知我的命運曾和這樓層有過複雜關連。母親說我出生後曾於姑姑安排下抱由一妓女收養，後來那女人因和情夫爭吵才將我送回。母親說得輕鬆，而這祕辛卻於我心中掀起大風浪──假如當年那女人堅持將我留下，而今我將過著什麼樣的生活？

生命曾經大彎轉！母親偶爾提起這事，總會一臉欣慰驕傲說：「還好當初她不要，人家我們現在要當大學生了！」

　　這時我胸前的學號總會耀出光彩，而心中仍然疑惑——那差點改寫的成長地圖本來會通往哪裡？而那險些成為我母親的女子哪去了？

　　母親說樓下小紅確實紅過，一頭清純直髮曾令不少客人心動疼惜。這些情節我並不清楚，隱約記得那時的小姐人人有個營生小盆，客人來了，將水裝上八分，便領著生張熟魏上樓。小紅和其他女子於青春正盛之時皆過著身不由己的日子，幽暗的想像一進樓便就溢出，跟隨我的腳步走動起來——彷聞濃嗆的男人氣息呼出，一起高山一波巨浪，小紅和我無緣的養母努力撐挺著，薰膩霓虹燈催逼樸素花蕾，情慾衝擊心靈底線，粉妝下的血色、光彩漸地剝落流失。

　　我不喜歡縈繞樓間那些晦暗故事，寧願將家門一關，迎向頂樓陽光。傍晚，鴿子又被放出，衝向天空，銜回一絲絲絢爛雲彩。暮色自遠而至，紅旗不斷揮舞，再怎麼不捨，仍須收斂羽翼，回到籠內。

紅綠燈於路口閃亮，霓虹四起，飯店牆上龍鳳將飛。舊店消退，老街湧起新的繁榮。七〇年代後期紅燈戶式微，姑姑的妓院一樓改爲服裝店，專賣日系爲主的舶來品。一件件東洋花裙與繡花上衣張掛櫥窗，諭示光亮潔淨的時代到來。從良小姐偶爾回來，笑淚聊說起那段艱辛浮華歲月。

　　母親說小紅的父親酗酒，經常夜不歸營，小紅十三歲那年，小弟重疾發作，她在一旁又叫又喊，弟弟卻毫無知覺，小紅焦急狂奔，如何奮力亦逃不出厄運追趕。

　　姑姑伸出援手，卻將她推進更深的苦難。

　　母親的記憶爲我一片片拼組起過往，聽來遙遠，推開門，一切又在面前。偶爾於樓下遇見小紅，便忍不住想起那一度成爲我母親的女人，心情總會莫名地緊張，怕命運突然翻轉，又將我拉回當年逃出的漩渦！

　　小紅守著昏暗樓層，她依然瘦小，背微駝，長年穿著深黑外套，比同齡婦人蒼老些，她經常咳嗽，一聲聲咳音成爲僅存話語。

　　天天走過陰暗走道，感覺那通連前方的穿廊日益加長，小紅似蝙蝠吊掛其中，不見光亮，害怕受驚擾。

　　鐵馬於鬧區繞行，好友 L 家就住附近，紅燈戶爲新潮流驅趕，漸地退剩街尾幾家，眞花園、美美、夜巴黎……門上掛著中分布幕或珠簾，裡頭人聲隱隱現現。每回經過

眼光忍不住往裡頭尋探，偶見短褲、汗衫，西裝襯衫男穿梭其中，情慾仍然交會，來去匆匆。

　　臺南大歌廳位於中正路尾，王子王后戲院在同一幢樓，附近商店林立，餐廳百貨，以及密度極高的西藥房，歡樂與病痛同時存在著。L 家的西藥房店面雖小，生意卻佳，後來舊屋拆除於原地蓋起高樓，一同騎車回家時，L 興奮告訴我，她家將蓋成一幢大飯店。當下我心情跟著亢奮起來，期望新樓能比太子飯店還要高。

　　姑姑的店罕有客人，如具空殼佔據鬧區一角。L 家的工地倒是成長快速，眼看它越起越高，期待與羨慕跟著高漲。

　　習慣在陽臺上讀書，捧著國文英文課本大聲讀出，感覺世界只歸我所有；有時換讀史地，讓地圖映現天空，雲朵騰飛，各國版圖隨之移動，近與遠，古老與現代隨時變化著。鐵欄一分分潮鏽，陽光有時太烈，我只能躲在十坪不到的屋內，有時風強雨驟，閣樓如艘擱淺的破船。

　　跨過鐵欄自直立的梯子往上爬，便可登上屋頂，那裡距離天空更近，與隔壁鴿籠位在同樣高度。站在樓邊可聽到鴿子的咕咕叫聲、見著那藏躲木條圍欄裡的眼神。我

不禁將頭抬高，擺脫電纜線纏繞的視野，感覺天空一片靜好。

　　母親仍然辛苦，憑靠勞力換取一家人的生活。白天我們各自出門讀書與工作，晚上陸續回來，相依於狹窄的閣樓。母親未曾明說，但我知道她盼望我好好讀書，書本是我僅有的階梯，可讓我爬得更高看得更遠。

　　入夜後地上霓虹閃爍，昏黑的屋頂浮現出一道道彩光，似如湧動的波浪，我與母親乘坐的船隻於大海中搖晃。母親操勞了一天，經常早早便就睡著。我獨自在閣樓上清醒著，常於餐桌上演算數學，或理解生物課教的遺傳基因，算著算著不覺又分了神──血緣有跡可循，親情如何能夠說換就換？夜深濃霓虹歇息，被逐退的星光趁著無人注意時回返，正好遇著我走向陽臺的眼神──深信遠方有顆恆星，留有專屬於我的亮光。

　　闃黑的廊道燈光昏黃，一推開樓梯門便擔心卻也期待遇到小紅，複雜的心理頻頻撞擊。小紅與父親及弟弟同住，偶爾見她於水池邊洗菜洗米或衣服，水自細管汨汨流出，她蹲伏洗衣板前搓洗著髒汙，那背影竟似當年的母親。

　　小紅持續扛負家計，父親屢次戒酒，弟弟身體雖弱功課卻極優秀，母親說他以後可能會當醫生。

　　L 家的飯店不久便就蓋好，高樓矗立，搶盡整條街的風采。開幕那天大紅彩球高掛，賀喜花圈佔滿街道，長串

鞭炮自頂樓垂掛下來，霹靂啪啦炸響，震撼了方圓數十公尺。過幾天 L 帶我進到裡面，潔亮的花崗岩地板、富麗的壁紙與裝飾，感覺似入皇宮。走出 L 家飯店，對面南臺戲院正在散場，人潮湧動，陽光自頂上斜照過來，地上建築被切分為明暗兩邊。

友愛街走到底統一戲院對面，姑姑的住家就在馬路邊，寬敞的大廳供奉眾多神明，慈顏、瞠目、威嚴、兇惡……我害怕經過那裡，善惡會集，深怕一不小心便遭懲處！

鐵馬喀喀響，友愛街太擁擠，日後我多騎中正路回家，兩邊走道擠滿遊逛之人，戲院散場接連著進場，小貨車載著廣告看板擴音器沿路喧囂……川流的人潮滾沸的街道，回家的路總是熱鬧。運河加蓋，商圈正在移轉與擴展，姑姑的店經常關起來。距離聯考越來越近，胸前學號卻越來越黯淡，幾次碰見小紅的弟弟，他身上的制服一換再換，讓人難和「大好前途」作聯想。

餐桌上堆滿書本，重點疊在一塊，這一方小舟，將帶我航向哪裡？那晚月光明亮，我趁母親入睡爬到樓頂，風有些涼，手中書本被風掀動，抬頭見著那似曾相識的一顆

星，想要許願卻不知該說什麼！一切都是命，不是嗎？對面鴿子咕咕兩聲，似乎同意我！

晨昏接連，日子進入倒數，紅旗迅速揮舞，鴿群奮飛，一圈兩圈，落後的鴿子終須趕上，全數回籠。

再如何被強調的日子終會到來，未知總會揭曉，我和L皆考上中部學校。

離家前一天在樓下遇到小紅，她向我說了聲恭喜。騎了多年的腳踏車歇息巷底，沾染灰塵後不知去向，深巷於記憶裡越拉越長……

紅綠燈熒熒閃閃，之後家遷往郊區的國民住宅，離開鐵欄斑剝的陽臺，及那迂迴昏暗的樓層。

咕咕鴿是否還等候飛舞高空？雲朵聚散，我私密的地圖變成什麼模樣？過兩年，於電視新聞見著L家的飯店遭人尋仇縱火，急速建起的高樓迅即倒塌！

車流移轉，來往人情於街坊拍起一波波潮浪，城市歷史繼續書寫著……

原載《自由副刊》2016.5.22

酸果滋味

　　那年夏天，南臺灣氣溫仍然偏高，鳳凰花焚燒完了，幾陣狂風驟雨，青綠便就沉寂。當時考上省女中是件值得慶賀的事，表哥說外婆眾多孫女中我是唯一，我不被看好的童年因此有了大翻轉。七夕當天母親帶我到七娘媽廟拜拜，燒金紙和婆姐衣，儀式莊嚴隆重，晚上還設宴邀請眾親友，老么破例也能做十六歲！

　　風光的成年禮之後，旁人皆已定下心來走高中的路，只有我仍陶醉在金榜題名的喜悅當中。穿上白色束腰上衣及黑百褶裙，胸前挺著燙金的鵝黃色學號，天天騎著鐵馬自南門路轉進大埔街，沿著上坡路騎至校門口便已汗水淋漓。上課鐘聲通常不等我，或於我上氣不接下氣時噹噹響起，逼得我趕緊滑行快跑，速速追著同學向前的腳步。

　　長排霸王椰子樹引領學子進出校園，操場旁那樹乍看類似鳳凰木，棕土色果實熟成後掉落地上，引來大群螞

蟻。同學常聚集樹下，俯拾莢果剝開來品嘗，那果肉吃起來類似龍眼乾，酸味不如預期似又多了些。

　　班上J放學後常和我一起騎往南門路，夕陽懸掛右方，我們各自握著把手拚命前衝，越騎情緒越亢奮。騎過南門城及中廣臺南臺，再往前穿過健康路。J身手靈活，常讓我於後頭追趕得氣喘噓噓，我於是習慣追逐她的身影，喜歡有她一起的感覺。有時我們會騎向孔廟那頭，順著車流便往府前路莉莉水果店。車流如河，夕陽燒得火熱，冰店似漂浮沸水上的浮木，所有乾渴生物皆往上擠。從店裡到騎樓每張桌椅都被佔滿，冰磚於刨冰機上拚命轉繞，雪花在盤裡迅速堆積，年輕的心，激越的口舌等著被沖涼。

　　J比我高出半個頭，頭髮微捲，舉手投足散發著帥氣。她常向我提起她母親是護士，父親在美國從醫，說到此處欲言又止，眼神迷離著驕傲。那時班上盛行配對，我因此被稱是J的妻。我對這樣的說法並不排斥，甚至有種莫名的幸福感。我喜歡聽J侃侃而談，她天生是個演說家，我是她最忠實的聽眾。

　　常與J並坐酸果樹下，抬頭看那羽狀葉疊成細密傘蓋，層層篩濾過盛陽光，日暮時則化身羽扇梳理著晚風。J絮絮訴說各種瑣事，即便重覆我仍耐心興趣地聽著。偶爾酸果咚一聲跌落地上，J總彎身撿拾起來分一半給我，那時覺得酸果是甜的，含在嘴裡很特別。

　　J熱愛打籃球，投籃不常進框，樣子卻極瀟灑。

紅磚、綠樹，兩幢樓間有七里香圈圍起來的花圃，當中植有馬櫻丹、變葉木、玫瑰與日日春。小徑似迷宮，偶有粉蝶落單或成雙飛舞。沉靜的女校，家政老師懷抱使命要將我們教成宜室宜家的淑女、英文老師認真教學，卻忍不住想要分享日劇情節。

　　粉筆孜孜寫過，下課板擦一抹，各種數字符號跌落無聲，復於斜入陽光中紛紛起舞……清一色的女孩國度，男老師的一言一行常成眾人津津樂道的話題。J善模仿，尤其愛學數學老師，N等於X、Y幾次方，老師常將N說成焉，同學便稱他為焉先生。曾幾何時，J常將焉掛在嘴邊，下課總纏著焉問問題。我對數學及焉先生都沒興趣，只盼J能和之前一樣，將我當作主要聽眾。

　　冷風起，酸果萎落地上被經過的腳步踩破，隱隱散發一股無關緊要的氣息。焉先生的嚴正態度不久便搗毀同學對他的狂熱，我等候J再回到我身邊。青春河域暗藏潛流，偶爾轉繞起引人注目的漩渦。隔壁班的G與L兩人過從甚密，傳言她倆可對望一整天，眼神交感著旁人無法介入的磁場。那時還不興同性戀說法，一切都是禁忌，卻暗裡牽動眾人敏銳的神經。

J如浪子般周遊於各種短暫興趣，與我若即若離。那年春天酸果樹黃葉轉綠，葉脈間抽長出一排排黃色花苞，陽光加溫，花苞撐開，如棕色條紋蝴蝶棲停樹上。我牽著腳踏車行過霸王椰子路，忽聞鈴鐺般的嗓音於我身後叫喚：「等等我！」

　　是J，她追了上來，臉頰兩朵紅暈，似西天迷路的彩雲。

　　那陣子J常邀我到酸果樹下聊天。她的課業起起落落，和我一樣和數學無緣。一天放學後，她神情落寞，我便陪著她坐在酸果樹下面對著操場。她先是沉默接著兩眼泛淚，最終伏下頭啜泣了起來喃喃說道：「其實我爸早就死了──他真的是醫生，只是，他已經死了，在芝加哥──」

　　遙遠的悲劇於西天拉出一道陰鬱霞光，眼前如張未寫住址的明信片，不知該投遞予誰。我伸手摸了摸J的捲髮，想著該如何安慰她，突然咚地一聲，一片酸果莢掉了下來。我撿起來剝開分一半給J，而她無心品嘗，我含了顆在嘴裡，感覺酸中還帶著些苦澀。

　　那年夏天酸果掉了一地。暑假過後重新分班，J的身影便離我越來越遠。

　　炎陽與風雨交替，不知那酸果樹是否還在？是否還有人嘗食那甜酸滋味！

原載《中時副刊》2014.6.11

九層樓仔與追星歲月

　　位在郊區的冰店頂讓後，便搬至友愛路與康樂街交界處。一次搬家丟棄一些家當，從此我上學改從中正路尾騎往南門路，陽光轉向，車輪更換爬坡及下滑節奏。

　　八〇年代初期，臺南的鬧區位於中正與西門路交界處，從女中繞過民生綠園至中正路踩一小段，雙輪便自動滑往運河方向。我將書包掛在車前，身體隨著車輪起伏跳動，兩眼不由自主望向兩邊——路旁商家鱗次櫛比，流行歌曲互相干擾，服飾、百貨，牆上衣衫如枝葉伸展開，圓裙如花盛放，粉紅、鵝黃，藍莓或小毬果蔚成四季顏色。我似松鼠披掛著晨曦夜色奔走，想抓果子卻頻頻撞破了露水。

　　運河接連中正路，越到盡頭臭水溝氣味越濃重。合作大樓（俗稱九層樓仔）矗立於康樂街轉角，是附近代表性

的建築。大樓於一九六三年啟用，王子、王后戲院及臺南大歌廳、遠東大舞廳分別位在各樓層。從一樓往上爬，煙飛紅塵，不同樓層有著不同景觀。

一樓是戲院售票處及飲食店，三、四樓連爲撞球間，一局局撞擊運勢全面擺開。那年代撞球不是良善學子該從事的遊戲，卻也因此成爲叛逃異域。草綠色絨布桌上排列著彩球，遠離師長嘮叨，從清朗校園逃竄至此，制服拉出褲外，一根長桿握在手上，凝神專注傾斜著身體，拉桿、灌球、吻球勝……追求和學校迥然不同的計分方式。數十張球桌，煙叼嘴邊或相傳接，一口口吐往漸黑的天花板，一幅叛逆者天堂便在眼前。我雖想叛逃卻不敢脫下乖乖牌制服，只能跟著人潮湧進大樓，藉聞那濃嗆氣味感受離地漸遠的虛幻。

天天自那高樓前經過，舉頭便見濃豔的電影看板，三角窗騎樓人潮湧動，售票口上張貼歌廳登臺卡司——謝雷、張琪、陳盈潔、余天、陽帆……運氣好的話在這裡還可瞥見影視紅星。曾和劉德凱一起搭乘電梯、也曾遇見李天柱，心底直嚷著——他們是眞人耶！

電梯通連銀河，門一關追星模式便就啟動，經五樓聽見強烈的碰滋碰滋聲響，心跳跟著怦怦然。那時溫拿五虎才剛席捲全臺，校園民歌正醞釀興起，傳統歌廳仍然熱鬧。曾故意在歌廳散場時等在門口，看宣傳照上的巨星於眾人簇擁中經過，眼眸心靈皆受震撼。有好一陣子我狂熱

發作，不顧制服及身負的課業壓力，只想乘坐飛毯，接上星光。

　　九層樓仔人潮起落，空氣日漸混濁，迷路羊兒無視昏暗，不知不覺步上將崩懸崖。國中同學 M 也迷影歌星，偶爾會和我同於九層樓仔進進出出。歌廳外有個中年男人注意到我們，說可免費讓我們進去看表演。我們半信半疑，便常於附近觀望逗留。低音鼓聲碰碰響，我們棄校園的清新空氣不顧，任菸酒氣味侵入鼻息。男人似好心要替我們圓夢，而他提及的巨星並未如期到來，我們傻將假日耗在樓間，目光苦守電梯及後臺的門。M 等得不耐煩便到樓下書局找參考書溫習功課，只有我還眼巴巴癡望著……天上星光遙遠，飛毯無力，距離原本地面已經太遠！

　　「好心」男人到底有何意圖？難不成助我們追星只是幌子？或許他背後牽連著駭人罪惡、人口販子或色情行業；還是他把我們當作他失散的女兒，故意拖延不讓我們離開……黑與白及諸多意念於腦裡對峙，電梯上上下下，樓下球桌愣愣等著被撞擊。濃重煙塵黏附純白制服，電梯裡常見油頭黑衣人，我縮在角落佯裝堅強，內心逐漸感到空虛脆弱。星光遙遠，娛樂與需求，整棟樓洋滿歡樂亦暗藏醜惡。

　　一回男人真讓我們進到歌廳，早場觀眾稀少，我們坐在最前排，鼓聲凌亂，喇叭聲自樂師喉嚨深處吹吐出，鏗鏗鏘鏘，呼呼控控，臺上指揮手勢與樂器各走各的調，

一張張心不在焉的臉孔慵懶疲累各自玩笑，頂上彩燈不停轉繞……突然間我覺得眼前一片黑，屋內氣息讓我無法呼吸，散場時蒼白著一張臉走出長毛地毯，男人趕忙跟了過來，煞有介事說道：「下次大牌明星真的會來，要不要來看？」

我逕自步下階梯，只見三、四樓撞球檯邊有人彎腰、側身，長桿順著手指邊緣擦撞出去，紅藍綠球不停滾動，階梯持續往下，背後黑煙越來越濃嗆……

離開喧鬧的三角窗騎樓，鐵馬持續於中正路上來來回回，直覺光鮮的大樓越來越老舊。一九八二年秋天離開臺南，之後不斷在報見著「九層樓仔」的火災訊息——歌廳翻修時失火波及樓上……頂樓鐵厝又燒，現場發現可疑油布，證實是人為縱火……惡火又起，三到九樓二十三名住戶經雲梯車救出……祝融之災奪走三條人命……

都市更新浪潮打來，歷經劫難的高樓於二〇一三年夏天正式被拆除，卻仍佇立於我的記憶版圖，於都會角落冒著黑煙，淹沒我荒涼嘈雜的青春歲月。

原載《中華副刊》2020.1.18

紅磚巷底

　　這樣的冷天，如何心血來潮開往這條路？

　　冷空氣於車窗外會集，許久不曾見著的街景重赴眼前——新開外環道圈圍老巷子，古樸的人情駐留騎樓邊。印象中美姨家就在白河老街上，之前憑直覺便能找到，而今眼前這路似是而非——不在這頭，車迴轉，再往前，一不小心便開過頭，明明是在這邊的啊！記憶座標發生錯亂，來回繞兩圈，卻在另一頭見著那熟悉的農藥店招牌。

　　打開車門，冷風襲來，一眼便見著美姨站在店前面。

　　「美姨──」

　　過馬路時忍不住揮手叫喚，美姨和媽越來越相像的模樣映進眼簾。美姨見到我先是一愣，隨即綻露出笑容。她寬厚的嘴唇和媽不同，神態卻觸動我心！

美姨是媽唯一的妹妹，她上頭有兩個哥哥和兩個姐姐，這排行讓美姨即便生在舊時代，亦享有老么得天獨厚的率性與優惠。當其他人小學畢業隨即就業，美姨卻讀到高中，媽和大姨早早便結婚走入家庭，美姨則繼續單身。

　　美姨年輕時留有一頭微捲長髮，常以髮圈繫於頸後。印象中美姨出入總騎腳踏車，一進巷子歌聲跟著傳響。美姨和外公住在臺南博愛路巷底的二層樓房，房樓狹長，租不出的空屋油漆剝落，欄杆潮鏽出褐斑。而從巷底轉出來不遠，另一幢三層樓房座立路旁，棗紅色油亮瓷磚襯著扶疏花木，那是大姨媽的住宅。不到十公尺距離，至親鄰近居住卻少來往，總要等到媽下班後帶我前來，兩家才有些許關連。

　　大姨和外公家之間有棵水柿，直挺的樹幹向上挺長，冬日落葉滿地，天暖不見花開，而當夏天到來，枝頭便又垂掛著纍纍果實，翠綠轉黃變橘，於巷裡默默存在著。

　　年幼的我只管吃食貪玩，不曾理會大人世界的紛擾與恩怨。媽那時在附近的成衣工廠工作，下班後緊接著到另一戶人家裡幫忙洗衣服，工作結束後她習慣過來先在大姨家閒聊，再去探望外公；或者先到巷尾話家常，再往大姨屋前露個臉，這是媽與娘家的互動方式，一天辛勞常藉此抒解並作結尾。印象裡有好幾次，他們本來聊得好好的，

不知為何嗓門便大了起來，這頭怒火延燒到那邊，抑或那邊的意氣衝撞往這頭，擾攘怨怒經常一發不可收拾。隨意聊天卻誤踩地雷，大姨積藏的憤恨噴吐出來、美姨被激怒，外公則氣得臉紅脖子粗。媽意圖勸和，挽回大姨和美姨、外公的關係，有時卻反而成了導火線，引發兩邊燒起熊熊烈火。

　　情緒被引爆了，媽自責又氣惱卻不知該如何，氣沖沖地拎起袋子嚷喊：「回去了！」我被粗聲粗氣地喊回，跟在媽負氣的背後匆匆走出，背後夕陽染紅巷子。

　　過沒幾天，下班後媽又帶我蹬蹬回到巷裡，如往常般和大姨他們聊說生活瑣事。水泥堆砌的紅磚牆，儘管留有空隙，仍然負載著風與陽光，我學齡前的傍晚便如此一天天度過。

　　「今仔日哪有閒來？」美姨的老花眼鏡掛在胸前，長褲毛衣和背心層層緊裹，脖子頭上載著圍巾和帽子，全是媽冬天時的裝扮。

　　店前仍堆滿盒裝及農藥瓶罐，兩隻狗各栓一邊，這樣多年沒來，牠們已從壯年步入老邁。騎樓加蓋，店前寬敞了許多，美姨招呼我於矮桌前坐下，直嚷著要姨丈快點下來。

午後的白河好是寂靜，即便商店街亦少人煙，偶有迷路過客、載貨司機前來問路、或者鄰居午覺醒來閒晃經過。

姨丈轉開爐火煮水，美姨忙著端水果拿零食。姨丈上眼簾低垂，兩眼各夾出一條細縫，看起來比之前更慈祥。美姨結婚時年過四十，當初所有人都以為她此生不可能、也不宜出嫁，沒想到婚後一晃眼二十幾年便過了！

美姨開啟塑膠盒，要我趕緊剝花生嗑瓜子。水氣氤氳，冷冽的空氣暖熱起來，當年情景繼續著……

大姨與外公的間隙源於大家庭日積月累的仇怨，外公嘮叨保守，於時代變遷中仍然堅持己見，大姨被迫放棄升學，媽則進入辛苦的婚姻。

紅磚巷陽光短暫，牆旁水柿樹越長越高，夏天時撐起一大片傘蓋般的涼蔭。

印象中大姨聰明冷靜，善於理家並懂得安排生活，閒來喜將布料裁剪成花瓣，細膩塗上染料再將花瓣組合起來，一朵朵豔麗牡丹裝置玻璃框裡掛在牆上，客廳因之富麗生色。媽到處幫傭，為多攢些錢接了好幾戶人家的衣服來洗，手中肥皂泡從潔亮轉成汙濁，又忙將髒汙搓洗乾淨。那時我天天跟著媽趕搭公車，從大街繞往小巷，記憶裡儲存著各種畫面——馨香的軟枝黃蟬、滿牆盛放的粉紅珊瑚藤，還有那一張張兇惡或和善的臉色。

對於命運媽不曾有過任何埋怨，她深知再怎麼難走的路總須想辦法走過。

外公家的屋瓦老舊，庭前冷清；大姨的樓房嶄新，一家子洋滿歡樂。狹巷兩邊磚牆陰鬱，玻璃片銜咬著水泥，外公的腳步日形孤單，只有美姨堅持陪伴。

水柿自葉間一顆顆長出，橘黃果皮上覆著白粉，結實纍纍卻無人採收。一回表哥們隨手摘下一顆，咬一口便呸地吐出，滿嘴酸澀忍不住啐罵：「難吃死了！」，說著便拿木棍將柿子對牆揮打，水柿撞牆掉落地上，於牆上爆開一處處傷痕。爛柿子混著沙土，酸腐氣味招引蒼蠅嗡嗡盤旋。

家中經濟越來越緊，媽咬牙硬撐，辛苦處境一次次讓周遭人看了不忍心。美姨不能諒解大姨，認為當初媽明明有好對象，大姨為何不能促成？我不清楚當年狀況，只見媽勞累但卻堅強，美姨則遲遲不願走入婚姻。美姨有著高挺鼻梁、甜美的聲音，嘴裡經常哼著自編旋律，一首聽不分明的歌她斷斷續續吟唱著。美姨學的是護理，曾於醫院當過護士，一身潔淨的白衣天使照片懸掛牆上，於歲月流轉中漸地泛黃。她騎著腳踏車於巷底穿進穿出，是巷裡盛開的百合，馨香環繞卻無法外傳。未能化解的怨懟隨日增長，大姨和外公仍少來往。

四圍建築一天天翻新，新樓加高，四面圍逼著窄巷。

表哥表姐一個個離家，嬉鬧水柿樹下的身影漸少。我入學後無法再當媽的跟班，穿上白衣黑裙，坐在教室兩眼瞪著黑板，往昔空閒的手只好拿起筆來，於紙上空格一筆一畫的寫著。經常想起媽清晨趕路，至許多人家裡忙碌，黃昏時披掛著暮色走到巷子，看看外公，聆聽所有讓人高興、生氣或難過的事⋯⋯

　　秋風起，柿葉一片片轉黃萎落地上，紅磚牆泛起一層層霉苔。

　　外公的腳步漸緩，手杖於巷裡兜兜傳響，紅磚路處處坑洞。而在眾人始料未及之時，病魔纏上了大姨，幸福樓房頓時傾頹，油漆一片片剝落。

　　大姨躺臥床上的目光愣愣瞧向外頭，製花絨布、鐵絲和熨斗閒置一旁，紫色牡丹於牆上顯出陰暗。美姨騎車經過大姨家門前，兩腳不覺放慢下來，歌聲漸地低沉，或者不再聽見。

　　柿子樹幹殘留一條條刀型印記，形容漸地枯槁，鄰近大樓遮去陽光也搶去它日前的風采。

　　第二年，柿子仍舊結滿，果實成熟前，建商引來電鋸將那樹硬生生截斷。大姨病情於那年夏天急轉直下，光亮的屋瓦逐日晦暗，朱紅欄杆斑駁出棕褐色鐵鏽。

　　外公躺臥床上，沒人敢告訴他大姨的事。

　　升上國中，筆記簿上的方格更小，要記錄、弄清楚的事越來越多，而需要媽前去洗衣打掃的人家漸地減少。媽

神情鬱鬱，黃昏時疲累的身影徘徊巷裡，終於忍不住帶著美姨一起到大姨病榻前，彎身說道：「阿美來看妳啊！」媽的聲音哽咽，大姨勉力睜開眼睛，嘴角咧出一抹笑意，三人手心緊緊地握著。

　　大姨走了，表哥們一個個往外飛，狹巷漸地冷清。美姨踩著鐵馬來來回回，雙輪喀啦喀啦轉動，纖細身形漸地圓潤。

　　外公緊閉雙眼，時而睜開昏暗的眼神。美姨殷勤服侍湯藥，側耳傾聽外公喃喃不清的話語。

　　牆上滲出一道道水痕，無人租賃的客房一間間關鎖上，蜘蛛網自角落細密牽出。癱躺的外公看起來越發瘦小，蒼白臉色下平放著萎縮四肢，濃痰鬱鬱，時而喘哮，時而酷酷咳起來。美姨輕拍外公背脊，手絹毛巾不停更換。外公不再嘮叨，昏沉的意識沒有任何堅持。之前外公成天將黃曆拿在手上，一邊撫弄髭鬚，一邊仔細翻閱著，早晚一柱清香，遇有重要事情必定請示神明，長年臥病後，求神問卜的換成美姨。

　　外公病重，媽與美姨時紅雙眼，又一次她們沉重攜手，再怎麼緊握仍留不住撒手的親人。

外公走後，舊屋瞬間蒼老許多，水塔囤積淤泥，鐵欄鬆動搖晃。舅舅提議快將房子賣出，美姨堅持要等整修好再說，另一波紛爭潛伏巷底。美姨的歌聲沙啞，腳力早不似之前輕盈，而我則於這時，搬進那寂寥的屋裡。

空房近十間，我和美姨擠在最靠近外公的小房間。房內三分之二空間擺放一張大木床，四圍堆放舊物，牆上掛著泛黃照片。陌生影像裡隱藏熟悉的感覺，其中包括美姨穿護士服那張。美姨喜歡指著照片讓我猜看誰是誰——老舊照片裡一張張清新的臉，大姨、媽及美姨年輕的樣貌於其中隱隱現現。美姨常一邊和我分享記憶一邊陷入沉思，當時我不懂她眼底的落寞——關於那些被人情擠壓的少女情懷及那為憤怨禁錮的歡樂，已隨青春隕歿。

被攔腰截斷的柿子樹無法再長新芽，徒然站立牆邊！

美姨天生賢慧，即便未婚亦滿懷母愛，她信奉慢條斯理的生活哲學，喜於爐前耐心煨煮一道道滋養美味。和她同住那些日子，坐在餐桌前，看著她溫暖的神態，驀地感覺——美姨是媽的化身。

附近高樓林立，都會發展的腳步正在逼近，建商意圖收購巷裡住家改建大樓，鄰居陸續搬離開。舅舅一次次前來，從協商到動怒，才剛修理好的屋瓦危危顫顫，牆縫裂開，水漬蔓延。

「趁現在還賣有好價錢，為什麼不趕快賣？」

舅舅無法理解美姨的心情，一次次動怒。美姨溫和的性情遇著這事一點也不讓步，她獨排眾議，一再拖延阻擾賣屋的可能。三天兩頭便有火爆場面於巷底發生，對立的眼神相互傷害。

　　我縮藏房裡，總等外頭吵鬧平息，才躡著腳步探出頭，於橫倒桌椅間找尋美姨身影。美姨通常待在外公房裡，面對外公照片靜默不語。這時，我似乎能夠懂得——這一連串風暴，總有它深刻的理由！

　　之後媽更換工作，要我搬回去和她住，我於是離開美姨，離開巷底持續凝聚的陰霾。

　　姨丈將熱水沖入，壺裡茶葉相互推擠而後結合一起。這樣多年沒見，除了講話語調更緩和，姨丈的神態及他和美姨一起給人的感覺始終沒變。陳年往事一聊說起來，彷如這幾年才發生的事情。

　　上了大學，視野拓寬，關於童年及中學前的生活印象，盡被封鎖於記憶儲藏室。小巷如一灘死水，無法融入都會的伸展脈動。美姨仍於磚牆裡堆砌歲月，鐵馬顛簸往返，路面於寒暑更迭中綻裂開來。

　　大四那年，突然聽媽說美姨要結婚了，並指名要我當她的伴娘。

美姨要結婚？

人生情節豈可跳接得這樣突兀？時空延宕太久，情與理變得荒謬。

穿正式洋裝重返小巷，紅磚褪為青紫色。著高跟鞋踩向巷底，遠遠便見舅舅身著西裝站在門前，客廳裡擠滿人，一些久未謀面的親戚議論紛紛著。媽頭插紅花，裡裡外外忙碌著，見我前來連忙將我喊進美姨房內。

狹窄的屋裡只能容納兩三人，美姨端坐床沿，要我幫她將手環一一戴上。美姨又豐腴了許多，蓬鬆的白紗幾乎佔滿整張床。她脖子戴滿金項鍊，手腕、指間金光閃閃，腰腹間一圈圈贅肉頂出滾繡的花邊，身體一動渾身便叮叮噹噹地響著。美姨濃妝的臉龐難掩緊張，我替她將剩餘的幾條鍊子戴上，一邊用吸汗紙在她額前及頸項間來回擦拭，屋內堆滿雜物，牆上照片擁擠著。

「新郎來了！」屋外傳來叫喊——

我牽著美姨，先到外公牌位前上香。外公樓息牆上，嚴肅神情露出笑容，一路護送我牽著美姨裙襬，於眾人目光簇擁中緩緩步出巷子。豔陽照來，紅磚迷離，巷子顯得特別漫長。幢幢屋子後退著，大姨家褪色的房樓站立路旁邊，窗簾內彷見大姨正從相框裡瞧望著外頭。

禮車等在巷口，上車前美姨要我將扇子交給她。

車啟動，長串鞭炮於巷口霹啪響，眾人於車外對著美姨揮手，目送禮車緩緩駛離，而後車窗下拉，扇子被丟

出——濃嗆煙硝於空氣中散開。我蹲下身將那扇子撿起來，一步步走回巷裡。鄰近房樓繼續攀高，小巷旋將被淹沒……

美姨婚後不久，外公的房子便被賣出，怪手轟地挖開磚牆，水泥地一路被破壞，過往車輪及腳印盡無蹤影。都會陽光照亮大樓身影，老房舍黯然隱退。美姨告別都會，從此移往小鎮過生活，媽則繼續在城裡辛苦奔走。

血緣匯集，命運卻將人引往不同去路，我遠渡重洋，從此與故鄉漸行漸遠，小巷於記憶中一天天模糊——往事濃愁，轉眼如煙霧般飄散無影！

而不消多久，我遠走的腳步突然被喚回，愣愣站在媽危急的病榻前！

美姨隨後也趕到醫院，見媽剃光頭髮，目光呆滯地躺著，兩眼不覺泛起一陣潮熱。

「妳知影我誰人否？」美姨於媽耳邊殷切地喊著。

媽一臉茫然，兩眼空洞無神……

美姨摘下老花眼鏡，用手拭去眼角淚水。她緊握著媽的手，勉強擠出笑容……

美姨端出一盤切好的柿子，喜孜孜說道這是她在後院種的。又一塊送進嘴裡，記憶裡的酸澀轉成甜美。

最後一杯熱茶喝進肚裡，溫馨的感覺持續，美姨拿了好些農產品要我帶回去，一邊教我如何烹煮料理。

「下回要常來！」姨丈咧開嘴笑，眼睛又瞇成兩條線⋯⋯

冷空氣撲來，我要美姨和姨丈留步，逕自越過馬路，轉身向他們揮手。

車啟動，街景緩緩後拉，回頭望——彷見美姨與媽和大姨相依一起，手心緊緊牽握著⋯⋯

原載《福報副刊》2014.3.19～20

記憶演歌

　　五彩燈繞轉，煙薰混著潮霉氣息，爸領著我進入大廳，一路走到中央前排的位置。才剛坐定鼓音碰碰敲響，電吉他和小喇叭齊奏，鏘鏘兩聲，秀場主持人以獨特的外八斜步從後臺走出，一身西裝外套配著寬鬆短褲，直條與橫線混搭得格格不入。他傾側著身體，輕蔑憨傻的神態自然流露，一開口，道地的臺灣國語引起滿場笑聲。

　　爸咧嘴笑著，金牙閃出亮光，這一刻，他遺忘掉所有負擔，跟著眾人融入現場歡樂。

　　主持人搞笑串場，演員、歌星及舞者輪番上臺接受他的調侃。餐廳秀於現場演出，感覺又似乘坐遊覽車上，從異鄉街坊繞轉出來，經由交流道駛往向南公路。昏暗的車內螢光閃跳，那熟悉的講話腔調自電視方框裡傳出，從城市經過鄉村，又自荒野轉往繁華都會⋯⋯

大學時負笈他鄉，個把月總要返家一趟。那時爸常騎機車來接我，背微駝兩臂伸開，車子發動油門一加，便載我緩緩駛往回家的路。從後頭向前望——爸的白髮一根根掩蓋過灰黑，滄桑歲月逐步書寫著，他的外套隨風膨脹起來，似如巨鷹欲要衝飛，氣力卻已老邁。

　　印象中爸總帶著疲憊穿行路的兩邊，一肩扛舉生活重擔，一邊苦苦揹負著債務，他一次次想要振作，卻屢屢喪失了血本。爸曾是傑出鑄工，善長打造優質器物，他具有天賦，並於後天習得一身好技術。照理說爸應可賺得一家人的生活，而他卻暗傾心血，意圖打造一口理想的聚寶盆，幻想一點籌碼丟進去，金錢迅速堆高，所有願望皆得實現。

　　最早時爸騎著腳踏車上工，寬廣的手把似如犁具，須得牽著一步步耕耘，而爸嫌這步調太緩慢，他急於想要見到豐收，給我們富裕的生活。記得那時爸常載著我到街上，見進香團或花車熱鬧經過，便指著其中最有趣的景象要我看，他自己也看得笑呵呵。

　　國小時家裡沒有電視，屋裡冷冷清清，爸回到家便將收音機打開，吱吱拉出天線，將遠處人聲召攬進來。而天線畢竟有限，風起雲飛便受干擾，正當精彩時常倏地斷

線，爸總氣憤地搥著黑盒子，或將之捧起來左搖右晃，激動情緒有時能喚回失落聲音，有時便無下文。爸一氣之下便出門去，幾天不見人影。

爸有空便會帶我到街上看熱鬧。臺上鏗鏗鏘鏘，濃妝豔抹的歌手拉高了嗓門，爸樂在其中滿臉笑意，眼角堆聚一條條紋線。他常買來糖葫蘆或彩色棉花糖，領我在長條椅上坐下來，我興奮將手中糖葫蘆一口咬進嘴裡，感覺甜脆糖衣於唇齒間裂開，果子滋味滲流出來。臺上歌者嘶喊著喉嚨，主持人將穿著曝露的女歌手從頭到腳奚落一遍，露骨的對話一來一往，臺上臺下歡鬧一片。有時我夾在人群當中，忙將蓬鬆棉花糖舔進嘴裡，兩眼於糖絮中鑽進鑽出，驀地發現──爸已無蹤影！爸呢？他去哪裡了？

炮聲霹啪響，火光上天旋即消失，待音箱、燈泡陸續關上，燦亮舞臺只剩幽暗青光。我東張西望，眼看著人潮就將散盡，爸常於這時才匆匆出現。他滿臉焦急將我拉上車，用兩臂圈圍著我，腳喀喀前踏，一邊踩一邊在我耳畔喃唸著：

「等阿爸出運，就會凍帶妳去大歌廳看歌星唱歌。」

爸聲音微喘，暖熱的口氣呼在我頭上，感覺他每句話都發自肺腑，將用整個生命來實現。記得上回爸在神明跟前也許下類似心願，他說：「神明保庇予我好運，我一定請一齣大牌戲棚來答謝祢！」

無法回頭看清楚爸的神情，心底流淌說不出的感覺……

　　爸經常許願，聲音卻被周圍的嘈雜給淹沒，那願望彷在耳邊，卻又恁地遙遠！感覺爸每發出一次心願，屋頂上的瓦片便顫抖起來，簷角隱隱綻開一條裂縫。天上星斗看似燦亮，卻沒能為屋內帶來多少光采，屋裡長年瀰漫陰霾。

　　爸滿心記掛他的聚寶盆，之前備受讚許的鑄模工夫時有疏失，熔漿自縫隙流出，模型粗糙，器物扭曲變形，不復符合眾人的期待。

　　爸不在家，收音機的聲音越來越模糊，熟悉的歌聲與故事消聲匿跡，沙沙聲響碰撞著空氣，夜越深媽的身影越孤單。

　　爸的骰子於聚寶盆裡滾動，數字於其中增增減減，卻不見財富的累積。那回爸喜孜孜回到家裡，對著那用布覆蓋的收音機大喊：「這臺沒效了！換掉，換掉！」說著一輛貨車停在家門前，一臺比收音機大十來倍的電視被抬了進來。

　　空蕩房內變成了舞臺，T型魚刺狀天線架上屋頂，插頭一插，音響伴著影像便於屋內演將起來。一道道光彩閃

爍，聲光將破落的縫隙給填滿。爸高聲嚷著：「以後在家裡就可以聽歌看戲了！」

他咧著嘴得意地笑著，前排金牙全露出來。

從此那方框成為我們的視聽窗口，一進門便和它對上眼。剛開始幾天，爸早早便回來，全家人並坐成一列，爸以他的大嗓門興沖沖對著方框指指點點：某某人是大官，誰是好人、誰是壞人，哪一個歌星正紅，誰是誰的老相好或情人……眾多消息讓我和媽聽得一愣一愣，整晚過得充實又愉快。

而這景象並不長久，爸終究離開鑄工廠一心懷抱他的聚寶盆。他一次次將骰子擲出，眼盯盆底喀喀跳轉的數字，紅點黑點化成滿天星，夜晚盡成為牌局。爸不回來，電視再熱鬧也少了人氣，隔著螢光幕看陌生的劇情，心裡總感覺空虛。突然懷念起之前的野臺戲，好想再和爸並坐臺前的木條椅，聽臺上人物嬉笑怒罵、歌手賣力高唱、或感受小火炮於後臺跟著霹啪響，偶爾歌者漏詞或唱錯，臺上臺下一片噓聲與玩笑。爸是天生戲迷，他既精《三國》、《水滸》，也通演歌的門道，看完戲，坐上車，沿途還可聽他將臺上的唱腔複誦一遍。

小方框繼續閃跳螢光，電源一關，牆上坑洞與斑駁盡露出來。

媽面窗側躺，入夜後的身影顯得更孤單！

爸經常載著濃黑夜色或過了中午才回返，兩眼深陷焦灼，身體在電視前癱躺，便呼呼地睡著。沉重鼾聲傳響屋內，我背著書包正要出門或從學校回來，見此景象，心底便難過了起來。爸似如擱淺巨鯨，身上滿佈傷痕，媽愁容日深——潮浪於遠方波波起湧，爸什麼時候才能自在出航？

　　電視時而沉默時而叫囂，金錢幻象於眼前穿進穿出，爸拼命企求，匍匐爬行甚至沿途跪拜，而財神終究揮一揮衣袖，全然不理會他的熱誠。

　　骰子喀喀跳動，於盆底劃出一道道刮痕，偶爾翻轉到爸期待的數字，他繃緊的神情驀地鬆展開來——好運總算來了！爸眉飛色舞，低下的聲氣驀地抬高，一口新鮮空氣吸進肚裡，便唱起歌騎車帶我往市區。路上車變多，摩托車賁賁飛馳。爸兩眼發亮，一邊喃喃地說：「等手頭寬裕些，也要買一輛來騎騎看！」

　　野臺戲變少，一幕幕戲劇躍上廣告看板，豔麗油彩於街頭誇張地演出，一張張放大的俊美照片於歌廳門口閃亮登場。

　　「要聽歌否？」

爸說著便自口袋裡掏出白花花的鈔票，闊綽地買了前排座位帶我進場。

歌廳座椅煞是寬敞，腳踩地毯身體還會往下陷，密閉的空間彷如另一個世界。人潮越來越多，縷縷香煙縈繞，飲料、酒氣混雜鼎沸人聲。而後燈光轉暗，鼓樂齊響，聚光燈於觀眾席間來回繞轉，最後凝聚在舞臺角落。主持人握著麥克風光鮮出場，觀眾情緒緊緊被抓住。臺上的說唱逗趣我似懂非懂，而自這頭看向舞臺恰可瞧見爸渾然融入的神情。音響全開，碰碰鼓音壓過心跳，勁歌熱舞與抒情節奏相接力，爸的手跟著在膝上擊打節拍，雙唇笑咧開來。

乾冰噴出，彩光裊裊幻化，讓人不覺地目眩眼花。隨著人潮散出場外，霓虹燈正亮，天上掛滿星辰，爸的車喀啦喀啦前行，我自後頭緊抓著爸的座墊，感覺有些疏遠，一聲聲輕微喘息隨風傳來，爸的體力似乎也差了些。

日子又歸沉寂，電視一轉開，耳根即刻哄哄響，螢幕裡偶爾傳出歌廳裡聽過的歌曲，帶著顏色的對談則不容易聽見。媽越來越沉默，我則和功課及情緒進行著角力戰。電視聲響填滿一屋子空隙，天線一支支於屋頂迎空張開。雲走鳥飛，自天上到人間，文明訊息四處顯現……

爸總算如願將鐵馬換成摩托車，於逐日擁擠的車陣中啵啵穿行。索求太過的聚寶盆已然破裂，骰子跌跌撞撞，自後頭看將前去，白髮何時全然攻佔爸的頭頂。

超強卡司於歌廳裡輪替，穿著西裝搭短褲的主持人造成旋風，儼然成為秀場天王。大鼓小鼓咚咚響，雙面鈸用力被踏踩，為臺上對談敲出不定的節拍，低沉、響脆，麥克風傳出高分貝，爸的笑容隨著兩耳一逕地張開。

　　秀場天王搶攻下滿街的電視頻道，那年離家，車未上高速公路，一貫的笑語已在車內迴繞。下了車行走異鄉，熟悉的言談仍在商店街裡傳響，那戲鬧聲響，竟讓人感到安心。

　　那時常經由電話線聽聞家中狀況，一片沉寂中，偶爾有電視聲響傳來。

　　我要媽多看電視才不會無聊。

　　媽喃喃地說：「哪有什麼好看！」

　　一星期一次問候，憂念輕輕揚起又自然地跌落……

　　生命小河繼續前流，從另一個岸頭回望——鄉景迷離，彷似遙遠卻又縈繞心頭。

　　天王仍在螢幕裡搞笑，天明或昏暗，城鎮與鄉間……熟悉的聲音將記憶串連起來。

　　爸車騎得緩慢，一幕幕街景如畫軸般收捲……爸在前頭拉高聲音——他說過一陣子等他有錢，就可以開車到臺中接我。

我忍不住傾向前跟他說：「多回家陪媽！」

車聲嘈雜，爸似乎沒有聽見！

鼓音沉重，麥克風線誤被踩踏，發出尖銳刺耳聲響——臺上風光熱鬧，臺下引來複雜風暴，槍響後天王從此消聲匿跡，餐廳秀影帶蒙上一層層疑猜。

爸聽力一天天減退，神情意氣不復活潑高昂。而後命運強令他撒手，聚寶盆空懸，成為他無法實現的傳奇。

電視機精簡身形，加寬視野，一個個清純臉孔於螢幕裡蹦蹦跳跳，新秀多如天上繁星，讓人無從指認與記得。大型演唱會取代昔日秀場，當年爸熱中前往的歌廳幾經轉手後成為電影院。

雙輪停歇，舊馬路鋪上新柏油，年輕族群一個個帶上耳機，無形天線四處行走，各自接收想要的旋律。曾經熟悉的名字有的還留在舞臺，有的流落民間，於榮華追求中載沉載浮著——那一個個瞥眼看過，或曾為其歌聲演技陶醉不已的演藝者，如今在哪裡？

經過那樣多年，天王以同樣的造型復出，喚回許多人的記憶。

那天，將天王的節目音量轉大——回頭望，爸棲息牆上的眼神微微張開，嘴角似又咧出笑容。

車來車往，城與鄉繼續更換與接連……流行歌自街頭傳唱到巷尾，詼諧的訪談引來陣陣笑聲。回音當中，五彩燈又再轉繞……爸於記憶中踩著雙輪載著我喀喀前行，聚寶盆不停滾動，一幕幕往事溢了出來……

　　　　　　　原載《福報副刊》2012.10.24~25

牙疼記憶

　　走進牙醫診所，右上邊牙已疼得讓我張不了口！填完初診單進入 X 光室，漆黑瞬間光影環繞便就顯影——正面與側邊一顆顆牙形相連，間隔距離及歪斜角度看似陌生卻又熟悉，尤其讓人怵目驚心的是——所有缺補痕跡全部顯現。

　　醫師指著其中之一說那牙已蛀進了牙神經，他一手拿口鏡另手拿探針便伸進我嘴裡。噴水吹氣，敲牙叩齒，罪魁禍首找著後，高速手機吱地轉動，針頭往下，似斧鉞般便於我牙間鑿挖起來。我全身緊繃，一根根神經全然豎立著。啊，神經緊張，意識亂竄，急忙思索該如何轉移注意力，用歡樂抑或其他苦難。診療床似如電椅，我被釘在上頭，懊喪悔恨於跟前快轉……

　　銼針繼續往下鑽，粉屑混在嘴裡，牙壁被鑿開，記憶中的痠疼冒了出來——天啊，不要再往下鑽，我兩手緊

握，心底復誦著「r-e-l-a-x — relax」，身體鬆放，不一會兒又緊繃著。吱——那聲響穿入時空，拉出尖銳的回音，眼睛想閉卻無法闔上，與牙疼相關的印象胡亂蹦出……

猶記高中聯考那年，放榜後牙齒便無端地疼起來，左下排牙一陣抽痛，初時不以為意，盼過兩天便沒事，而疼痛繼續，終至無法進食。

大姐於是帶我到一家老字號牙醫，記得診所名叫「全安」，每回我到那裡心情便就不安。醫師進行檢測，隨即宣判我蛀牙嚴重，必須進行大翻修。沒有健保的年代醫療費驚人，我無助地看著大姐，大姐咬了咬下唇，決定負擔所有費用。

電鑽於是在我齒間鑽探，我被迫張嘴，忍受一次又一次鮮血淋漓的痛楚。

早已出嫁的大姐天天騎車來接我就醫，一聽門外傳來啵啵聲響，我神經不覺緊張起來。大姐的機車經常拋錨，紅燈一停便就熄火，須推車助跑一陣才能重新啟動，我因此練得跳車好身手。一路上大姐總會叮嚀我要好好刷牙，她說媽懷孕時營養不足又未補充鈣，我們的牙齒因此都不好。大姐說先天不足，須靠後天善加維護，她神情嚴肅想

到便語重心長再說一遍。後來留意到大姐後排的牙齒全都沒了，她笑時從不張口，原來是有這原因。

「high speed ！」醫師提醒助理準備更換器具，我的苦難顯然還未結束。換上高速手機醫師繼續上工──鑿洞工程更愈加緊，我的嘴巴只得乖乖張開。

大姐十八歲結婚，和媽一樣十九歲便當母親。婚後大姐比以前更關心家裡，三天兩頭回娘家，挨著媽拚命咬耳根，家裡經濟及弟妹的教育她全都關心。脾氣不好的她有時生起氣來憤而離去，不到兩天又回來，仔細詢問大小事情。

媽年輕時牙齒極好，號稱可選美齒小姐且有照片為證，婚後孩子接連出生牙齒急遽退化，印象中她很早便換成整副假牙，邊刷牙還可邊講話。媽的假牙鬆動，常見她叩叩於嘴內調整牙齒位置，小姪兒哭鬧不休，媽便將假牙自嘴裡托出，姪兒看傻了眼便忘記哭。

假牙為媽隨身的重要配備，睡前摘拿下來浸泡杯內，醒來戴上便開始吃食應對。假牙嚼咬不易，媽吃東西的程序自然較旁人繁複。常見她將食物分小口放進嘴裡，順逆時針或前或後，總要慢慢摸索才能找著合宜著力點。對媽而言，吃是生活中不得不慎重其事的環節。一副牙，一道通往咽喉腸道的閘門，媽不停改變她的消化方式。

至於大姐，前排美齒遮掩後牙的頹廢，大姐很早便以挑食為由，將食物多留給弟妹。她常提醒我們要珍愛牙

齒，我卻因偷懶敷衍了事。牙菌落腳後一邊駐紮一邊擴大勢力，悄然破壞內部組織，一發不可收拾。

「Diamond Bur！」醫師再次發號司令，接過器具，組裝上手，鑽石牙針刺進蛀牙上頭一分分往下鑽。最讓人畏懼的痠疼感覺如浪高漲，我緊繃神經，如被電著的貓一般——來了，來了，我最害怕的部分果然來了！一陣錐心刺骨，醫師拿著細針清除蛀洞牙蟲，我睜眼瞪著頂上燈光，感覺整個人將要壞死。碎碎碎，每一觸抵皆入髓骨——r-e-l-a-x——relax，我心中不停覆誦，強迫自己撐挺住！

驚恐情緒需求慰藉，想起以前大姐都會陪在旁邊，一邊聽醫師說明情況，一邊閒聊與牙齒相關的話題。啊，藥水氣味瀰漫，診療過程教人難安，大姐的聲音形成階梯軟墊，讓我傷重的心情得以休憩，一步步登往記憶窗臺。

大姐為何要那樣早嫁人？

這問題早先經常被問起，後來見大姐嫁出後與娘家關係更緊密，便無人再提及。放學回家常見大姐在家裡和媽聊個不停，煮飯時間才啵啵啟動機車趕忙回去。我讀的學校全都靠近大姐家，她家於是成為我另個生活據點。大姐家從來不上鎖，大門輕推便可進去。平常經過常到裡頭溜

一溜，星期六中午放學又累又餓，大姐經常將菜炒好，加副碗筷，便留我與他們趁熱吃起來。

　　一切理所當然的便捷，於姐夫決定移居國外便將改變！

　　移民——這不知蘊釀多久的決定一傳回家裡便引起軒然大波。媽第一個反對，認為到國外人生地不熟，大姐到那裡日子要如何過？是啊，眼前車一發動便能回來，遠渡重洋後怎麼辦？媽說大姐出國一定會過得不好，並舉出不知自哪聽來的慘烈例子。

　　人生怎會有此大彎轉？姐夫怎麼英文讀著讀著便有移居他國的打算！這決定讓人錯愕，卻又無法更改。媽從極力反對到不得不接受，眼眶經常紅著。對媽而言，美國形同另個世界，她如何能接受大姐突然自眼前消失，前往她連想像都無法企及的國度！

　　大姐騎著機車啵啵來回，忙於打理出國行囊，鞋子，衣服和藥物，媽替大姐張羅生活用品，越準備越不放心：「在遮好好為啥要跑遐爾仔遠？」說著兩人各自哽咽。而裝塞不完的不只是行李，欲帶走的和想留下的怎麼也理不完。那回和大姐到戲院看《屋上提琴手》，見劇中父親泰維一次次忍痛嫁出愛女，昏暗光線中，大姐頻頻拭淚。

　　「Sunrise Sunset Sunrise Sunset……」主題曲迴盪不已。我瞪著大銀幕，感覺眼前景觀無限延伸，場內場外故事相連一起。

後來大姐又帶我去看了好幾次牙醫，路上一再交待我要好好刷牙，少吃甜食。出國前，大姐也到診所將牙齒徹底檢查一遍，該清的清、該補的補，她說牙齒必須健康才能走得遠！

　　大姐走了，此後無人黏著媽掀開話匣子，媽兀自吃著剩菜。

　　後來都市重劃，大姐家的紅磚牆被挖開，一塊塊赭色磚塊連著水泥癱躺路邊，然後整車整車被載走。放學經過，再也找不著可以穿進穿出的門扉！

　　日頭一次次升起然後向西，我和大姐分別守著日與夜。

　　媽經常將假牙拿下來便忘了戴上，凹陷臉頰讓模樣老了好幾分！

　　醫師將我劇痛的牙車開，血流出來，一旁助理準備攝影機，手指忙用棉花抵住傷口，椅背升高，我被指示看往前方螢幕——牙齒當中綻出血肉，露出窘迫的潮紅色。

　　「今天先上藥，下次再來抽神經。」

　　漱完口，拿了止痛藥走出診所，感覺彷如隔世。牙醫招牌亮著青光，紅綠燈繼續轉換，夜漸深路上人車漸少，駛離市區，霓虹七彩斂藏身形，星光一顆顆亮了起來。

媽說的沒錯，美國真的太遠，眼睛看不到的都不算！
而日子仍然持續，大姐的聲音從電話那頭傳來，秒差遮掩
著激動情緒。我聽從大姐的話努力刷牙，卻在無意間步上
她的後塵，而且走得更遠更倉促。

　　媽說我到美國也好，和大姐剛好可以有個照應。說
這話時她兩頰陷得更深，有點語焉不詳但我卻明白她的意
思。媽將假牙放在一邊，只有在吃飯時才勉強戴上，而後
她多吃稀飯，戴不戴牙已無差別。

　　「Sunrise Sunset……」

　　《屋上提琴手》的曲調不覺揚起，飛機穿過雲層，雲
霧沉積為一層層地平線，陽光自雲間透亮出來，讓人分不
清日出日落。大姐在德州我在佛羅里達，分別自不同角度
思念媽所在的臺灣。大姐經常打電話過來，穿過路易斯安
那、密西西比、阿拉巴馬州的廣漠土地，仔細詢問我的生
活情形。

　　感覺大姐仍在身旁，在距離我成長最近的路上。陽光
散放熱力，千百湖泊遙對油井及沙漠散佈的平原，故鄉的
海岸線在夢裡一逕地延伸……

　　直到媽病危的消息傳來，才又和大姐一起回返，同時
出現在媽的跟前。

　　或許我們都太樂觀，以為生命允許人任意走遠！回來
時媽已無知覺，氧氣罩護衛她急促的呼吸。與大姐一同握
著媽腫脹的手心，卻如何也握不住她已然流失的生命。

那晚，探病時間過了，大姐要我們先回去休息，她堅持要留在加護病房外頭。牆內呼吸沉重，每一口氣都極為難──我不放心的走出醫院，只見迷濛的眼前，路燈一盞盞轉繞光暈，牙醫招牌於霓虹當中散發青白色亮光……

　　媽就這麼走了，大姐隔牆守候，是媽臨終最接近的親人。

　　媽遺體火化後，假牙上的金屬仍閃動瑩瑩亮光，殯葬人員將它凹折下來丟到一旁──那原非媽身上之物！

　　星光散佈滿天，誰留意其間增加或少掉一顆！

　　大姐飛回德州，我多年後自佛羅里達回到臺灣，長住下來。

　　終究我仍須依照約定坐上最懼怕的診療椅，張開嘴，聽由醫師告知牙齒狀況。藥自洞裡取出，幾番清理，一根細針深刺進去，心裡不禁嚷喊起來。醫師感受到我的痛苦，替我上了麻藥，一陣痠麻之後便無感覺──「不痛了，這回真的不痛了！」我在心底慶幸著！然後任憑鐵針穿進穿出，牙髓腔裡的神經、微血管和組織一一被清除。

　　補強釘子撐住牙根，牙套蓋上，這牙從此無了知覺，X 光片顯影又多了一個缺口。

那晚大姐打電話來，聽說我又去看牙醫，便在電話另一頭激動了起來：「怎麼搞的，妳有好好刷牙嗎？」

　　「有啊！」

　　「妹，要知道媽懷我們時營養不夠，尤其我們又生過小孩，鈣質流失嚴重……」

　　啵啵啵……大姐的摩托車又再傳響，我跟著跳上前奔記憶……大姐一次次回娘家，媽枕著雲朵，戴上假牙，微笑地看著我們。

　　「Sunrise Sunset……」

　　日升、日落，陽光繼續勾勒每一天的輪廓……

原載《幼獅文藝》2014.11

火光印象

　　兒時世界包含水火兩大元素，如貓、狗共成童話主角，水火交相輝映我初張的視野。水容易取得並且好玩，鍋碗瓢盆裝盛些，便可戲耍整個清晨或午後、拌泥捏參碎花葉，便可調製各種料理。有水為伴，燠熱瞬間轉涼，灰樸生活現出各種彩色。喜歡玩水，常因弄濕衣服受責罰。而衣服濕了又乾，晶瑩水珠破滅復凝聚，繽紛夢幻頻頻因水生成。

　　與我相較，哥對火的興趣遠高過水，火柴擦燃的煙硝與其骨裡的乖張氣息相契，創毀同體，神魔常向他招手。一筆筆火光燃亮眼前，浮印風景化成裊裊黑煙，哥迷戀那樣的感覺。

　　火的神奇源於燄心，時而燦黃晃動如瑩亮的水滴、時而拉長扭曲成渙散形體，白熾、炭黑或橙紅，哥看得入神，火一燃燒他想像力便豐富了起來……

火是禁忌我不敢褻玩，卻常躲於哥後頭偷窺那熾烈威力。看哥持拿放大鏡凝聚光束圍困螞蟻，如惡魔舉劍刺出，利刃向誰，誰便遭殃！哥燥熱似火山，周遭外力層層推擠，被壓抑的性情常藉火攻來移轉。生活太蒼白，哥需要多一些刺激。七〇年代中學生須穿制服嚴守髮禁，沉重書包往往將發育中的肩膀壓成一高一低。惡魔顯現，內心火燄竄出，哥索性將盤帽折彎，拿掉所有書籍。書包裡外全含焰火，隨時就要燒毀一切。

　　我似乎懂哥卻不敢向他靠近，夜裡常躲在屋內自窗外望，見他獨自待在庭院，一旁擴音喇叭播放似懂非懂的英文歌曲「Why does the sun go on shining? Why does the sea rush to shore?……」，哥低聲跟著哼，高音唱不上去低音嗚咽，夜氛無法順暢。漆黑中只見哥手上拈拿一點紅光，於空中寫畫無人能懂的成長祕語。

　　哥的叛逆屢受責罰，我嘴裡不敢說，心底亦常偷偷點起小火。

　　那時孩童只許於元宵夜碰火，哥總與憤怒少年一夥，人人手持盛油鐵罐，火舌自鑿洞裡忽忽吐出，魑魅明滅閃動。瞧他們群集叫囂自街坊移往村外，如將前去打家劫舍般。我步步為營小心提著紙燈籠，就怕一不小心燄火傾

斜，燈上彩繪將呈一片焦黑。虎兔龍蛇、梅蘭竹菊或卡通，燭火點亮燈籠神采，並帶傳言中的陰柔與絢爛！一盞燈燃照一分童心，燈籠是私藏記憶裡的燭火，比螢蟲溫暖較星辰靠近，珍藏一點光亮，黑夜於是明亮……

而記憶裡的流光亦有失控時候，那晚庭院外突然傳來吵雜聲響，循聲奔出，但見濃煙向天推擠，附近油布工廠淹沒火海。火光如惡靈齜牙咧嘴，烈燄燥熱空氣，夜色氤氳詭譎。我站立高椅，隔著竹籬看焰火於眼前攜手、猛烈將鐵皮屋摧毀殆盡。飽脹空氣夾雜吶喊，消防水柱遲來一步，闃黑空中垂落蒼白雨絲，駭人噩夢讓我接連流了好幾夜冷汗。

哥過窄的制服圍藏不住一身叛逆，滿腹憤怒成天噴火。我強令自己安份乖巧，不忍讓親人失望。放學回家先至後院將晾掛竹竿上的衣服一件件收下，隨後蹲身撿拾滾落籠前的雞蛋，感受那含帶生命的溫暖。陽光及微薰土泥氣息，令人不自覺歡喜。

日夜接壤，烈陽燒燙紅磚，蟻群於涼陰縫隙倉皇奔走，昏厥蚱蜢被抬進洞。

男女尚未平權的年代，女生除了端莊聽話並要學做許多家事，於是國小便學習區分嫩葉老梗、為魚去鱗開膛剖肚，啪一聲將爐火點燃，看青燄環繞圓滿。之後更學將青蔬炒熟、控制各種肉類的肥瘦軟嫩。爐火為家務重要一環，隨著年齡增長，我與爐火的關係日漸密切。

瞧那火燄翩然起舞鍋底，以輕晃或以囓咬姿態。鍋鏟主掌全局，翻炒混合，生熟轉換。鍋與火時相齟齬，溫柔油脂瞬間熾烈，便將鍋內食材惡狠灼傷。烈火包圍鍋外，熱油急冒灰煙，一回粗心竟將含水虱目魚直接扔進油鍋，瞬間聽聞炮竹劈啪燃爆，油花狂吠叫囂，將我指掌至前臂炸出一朵朵花來。

　　熱油成爲夢魘，好長一段時間不敢靠近爐火。

　　日頭赤燄，命運之神持拿神祕放大鏡於人頭頂上映照，熾烈考驗隨時進行著。哥手中的煙如香柱時時點燃，滿腔火氣漸地冷卻，之後爲了健康甚至戒菸，倒是我與火結下不解之緣。

　　尋常日子總於爐前與火周旋，如鬥士面對隨將失控亂竄的牛隻。火氣太大，蔥蒜入鍋便就焦黑，魚黏鍋底，鏟一掀動便皮開肉綻。熱鐵烙膚或被油濺，數著身上灼痕，學習與傷痛共存，時讓一起起火光燃亮記憶……

　　火既實用又夢幻，之後節日總跟著群眾立於湖畔，遠遠瞧望一顆顆煙火倏地升空，於暗夜中炸出五彩亮光。夜太濃黑，短暫絢爛吸走所有光采。童年已遠，記憶裡的提燈少見，曾幾何時，祝福常被寫滿，隨著心念緩緩升天，星光似近而遠，天燈依循不定軌道越飛越高，消失視野。

目光拉回地面，只見紅燈籠高掛廟前，神龕前一座座燭火凝滴，虔敬祝禱縈繞身邊……

　　　　　　　原載《福報副刊》2022.7.11

爐前身影

　　南臺灣的夏天陽光吐燄，柏油路面似要曬熔了一般！
早期父親天天騎著腳踏車從家裡到工廠，一身淋漓汗水緊
接著工作。父親是鑄工，專門以沙製模，再將燒熔的金屬
倒入，做成各式各樣的器物。鑄模講究精細，沙不密實或
模型不嚴整，成品有瑕疵便將前功盡棄。或許是這樣的工
作經歷讓父親凡事謹慎，也要求我們任何時候都得要有模
有樣。

　　於炎熱的環境中討生活，火光照出父親一身黝黑，也
常於其皮層灼出一塊塊斑駁。父親的手雖然粗糙卻能寫出
端秀字跡，筆畫彎轉一點都不馬虎，他常要我將作業拿出
來給他看，見凌亂潦草便予以訓戒。我執筆的手於是戰戰
兢兢，不敢過於怠慢。舊時代可供娛樂的事物不多，晚上
父親習慣轉開收音機，拉起天線，倚坐躺椅聽天外傳來各

種訊息。我一邊寫功課，隱約聽著電臺主持人講古或開玩笑，熱鬧、悲悽曲調交響，夜氛漸地轉涼，然後父親的鼾聲加了進來……

隔天太陽露臉氣溫升高，父親又一路扛負陽光雙腳踏往工廠的路，我則背著書包一步步走向學校。鉛筆於盒裡滾滾跳踉，半滿水壺搖搖晃晃，那時書包裡常裝著橡皮筋、紙娃娃、尪仔標或小沙包等流行童玩，一心只想著玩樂。父親見我心不在焉，對課業表面認真其實不當回事，忍不住便要責備幾句，兇惡神情讓他臉色看起來更嚴肅。而當見我沮喪難過，他便又和緩語氣，說起他因家境困苦想要讀書而未能的情形。父親小學畢業便開始工作，從學徒做起過程辛苦，因此養成他不畏艱難的韌性。新痕與舊傷組成父親的生命版圖，每處傷疤皆有一段忍痛記憶——是怎樣的時代讓人須得如此堅強早熟！我低著頭不敢抬頭看他，心底湧動著無法釐清的情緒。

父親笑容不多，於其跟前我也習慣斂藏情緒。那時家住市郊，自臺南火車站走中山路繞過民生綠園，順著坡路穿越一道道紅綠燈，南門路走到底便到家門前。住家附近瀕臨公墓，沿途木麻黃滌濾陽光，針葉篩在地上密密組成涼蔭，繼續往南便接往高雄茄萣。童年多在家附近閒晃，國中後換騎腳踏車，感覺路與路之間的距離似乎縮短，對遠方於是有著更多憧憬。

光陰移轉，人們對器物的需求也不一樣，曾幾何時鑄造工廠面臨轉型或歇業命運。鎔爐漸地冷卻，父親心底凝結著憂心，那陣子他神情看起來更陰沉。收音機沙沙傳響，沉悶當中突然聽見有所專科學校的實習工廠正徵求技佐，隔天父親趕忙前去應試，並以多年的精湛技術被錄取。從此同事及學生敬稱他為「方老師」，這稱呼讓父親很是得意，嘴角不覺地往上揚。此後父親對我的教育更加注重，經常有意無意地說：「人那會當多讀些書，人生就會不同款！」他希望我能成為站在黑板前提筆寫字的真正老師。

　　鐵馬喀喀轉進歷史，之後父親換騎摩托車，黑藍色相間的車身，騎上去讓他整個人更有精神。父親喜歡帶著我騎往海邊方向，木麻黃轉出空曠原野，偶有茱園綴點，瓜架傾斜，或瘦或胖的絲瓜垂掛著。父親車行不快，風吹來我們的短髮一同散亂，坐在他後邊，手抓座椅當中的鐵欄，不知怎地就是不敢和他太靠近。父親多半沉默，偶爾會講起他之前的事情。風呼呼掠過耳邊，感覺和他一起穿進時空洞穴，一幕幕過往伴隨父親的聲音映現眼前……

　　發薪水那幾天父親總會帶我到興達港，午後一艘艘漁船泊停港灣，桅杆指向天空，鹹潮的海水氣味拂滿全身。父親喜歡逛漁市場，看剛搬下船的魚蝦連著碎冰於地上堆起一座座小山，那景觀讓人感到富足愉悅。父親通常會買蝦和蛤蜊，遇有寬厚的土魠也會買一片，那是母親平常不

可能買到的，也是我們餐桌上的珍饈。父親說過他小時候三餐頂多只有花生米或菜乾，飯碗裡經常盛裝的是蕃薯籤；孩童時他從未吃過蘋果，有天分到了一小片，拿在手中一直捨不得吃，藏躲被窩裡拚命聞嗅，惟恐蘋果滋味流失……機車啵啵壓行路面，我看不到父親臉上的表情，只見地上和父親一起的影子一會兒清楚一會兒模糊，父親說的那些事我至今都還記得。

父親蹲於實習工廠沙坑前，重覆示範如何用沙製模與灌漿，如何拿捏要領，製作精確完美的器物。學生圍在一旁認真聽講，風扇轉動，暖熱的風迴盪起來，當年熾烈的火燄於爐中繼續燒著。

升高中後和父親相處的時間變少，父親希望我當老師的心願日益明顯。他說女孩子家當老師最好，尤其國文課多在早上，更能兼顧家庭。不曾刻意完成父親的心願，高中時成績並不理想，恐無緣進入師範體系。大學聯考那天父親頂著大太陽陪考，考完後一場雷陣雨突地刷下，炎炎七月瞬間涼爽起來。

而後我負笈北上，舊家被拆除，木麻黃公路整個被拓寬，父親的機車繼續在新街與舊路中繞轉。每次返鄉父親都會到車站來接我，車速啵啵緩慢，從車後望前看，父親白髮越來越多，一根根直硬交錯著。父親期勉我日後一定要再讀研究所，最好能取得最高學歷，才能活得輕鬆有尊嚴……父親的聲音帶著一些年紀，我愣愣地聽著，轉頭

看向路旁，只見新興的商家林立，故鄉已不是我熟悉的景觀。

　　歲月如流前奔，夾岸岩層有的被沖蝕有的存留下來！父親當年的期許我實現的不多，父親也不再多說什麼。之後父親退休，我隨緣隨興，終在迂迴轉繞中踏上講臺，繼承父親「方老師」的稱呼。父親臉上綻出欣慰，一分積藏的和藹自然顯露。

　　夏日，南臺灣陽光飽滿，父親最終還是選擇在這樣的季節離開。

　　爐火再燒，父親嚴肅的神情深藏笑容，剝剝火光中，他強韌的生命形象被鑄造了出來⋯⋯

原載《幼獅文藝》2012.7

奔流歲月

　　如果時間是條河，奮力往上划，是不是就可以回到想念的岸邊？

　　清晨，意識緩緩醒來，先找著空間座標，再回想之前發生的事情——記憶如齒輪般前後繞轉，心情跟著一分分調整。日子往前推，歲月蜿蜒，幾件鮮明的記憶作為分界，生命頓時清晰了起來。

　　說穿了人生是由悲喜所組成，恰如扇貝於水流中開開闔闔，因緣滲入，傷痛與感動相應，光采一分分圓潤。回望河流上游，魚兒自在，日影悠閒，印象中似還牽著母親的衣裙，於她身旁磨蹭穿梭，胖胖的手心隨興揮舞，笨拙腳丫子任意地跳著。晨霧、暮色兩相縈繞，童年的夢自白天接連到夜晚。

而不遠處水流彎轉，我鬆垮的衣褲被迫換成整齊制服，清晨布穀鳥兒自木屋裡跳出，母親便於樓下拚命呼喊著：「再不快點，妳就要遲到了啦！」

　　我揉揉睡眼，背起書包戴上小圓帽，跌跌撞撞奔往學校的路——母親的催促縈繞耳邊，上課鈴聲忽忽響起，一個箭步衝進教室，於老師的怒視中走往座位，低著頭，趕忙將功課拿出來拚命寫，汗水不覺滲流出來！

　　粉筆疾行黑板，筆灰隨老師的語調摔落地上，一恍神旋又揚起，跟著想像飛出窗外，隨雲遠去……

　　時針、分針於牆上轉繞，歲月不停奔流，越往前水道越寬，深淺越難預測。中學後踩上鐵馬匡噹匡噹往赴上學的路，沿途景觀倏忽飛過，一顆心激越跳動，陽光照來，雲彩悄然變幻各種姿態。

　　水流潺潺，岸邊樹林連綿，這頭綠意繁茂，那頭花葉飄零，一片枯葉引來一分憂心。母親行走岸上，偶爾我推車陪她走一段，聽她絮絮叨叨著生活——幾時，我地上的影子已經超過了母親。

　　母親習慣戴著大草帽，手提著包包，天天走長路去工作，再拖著疲累的腳步回返。那時我經常留在學校晚自習，返家時母親多已睡著。電視螢光於她身上閃跳，電源關掉，屋內一片沉寂。窗外有月，風起時鐵窗遮蓬發出砰砰聲響。一直以為母親只是累，只是想要多休息。

河底泥沙淤積，不明之物漂流而過……之後母親健康亮出紅燈，一大片烏雲自林外飛來，枝頭窸窸窣窣，樹影隨光線變化身形——圓扁、彎折，拉長復縮短，日月繞轉，熟悉的河岸已然改變，憂念浮上心頭，卻又強將它拋諸腦後。

　　記得小時候喜歡和母親玩闖關尋寶遊戲，一條長紙自盡頭捲起，手指從起點順沿著路線前進，岔路隨時出現，劫難與幸運步步展開，有時我見情況不對便耍賴折回，母親總沒好氣地指正我，卻又由著我一次次反悔重來。

　　而真實人生卻不可逆轉！

　　通過人生重要分水嶺，大學聯考後我登上小舟隨流遠走，母親佇立岸上對著我揮手，背後的樹林更顯昏暗，而我急要往赴陽光那一頭。水流變急，還有許多不曾料想的漩渦，讓人無暇也無心回頭。總是太放心，以為河水潺潺，世界依然。是逃避還是刻意樂觀，從來不曾想過有一天母親也將倒下，像許多故事裡的情節。

　　那晚，突地一陣大浪沖垮河岸，憂懼讓人不禁號啕大哭了起來，聲聲吶喊被河水給淹沒……

　　水流湍急，雙槳只得牢牢地緊握。不確定人是因劫難學會堅強，還是在無奈中自然茁長。岸上樹林勾勒新的景致，風兒輕吹，白紗款款飛，一束花香捧在手上，生命彎往另一個流向。

　　樹影相連，血脈承接，母親溫暖的手心經我往下傳。

沿著河岸走，光影移轉，霧氣散開，岸上情景又清晰了起來──女兒拉著我，急要我帶她觀看河上風光──河岸迂迴，頹倒的樹又再直立。彷見母親牽著我行走岸邊──我稚氣的眼神自對岸望將過來──水霧旋起旋落，山形樹影層層疊疊，河道迂曲，女兒邁步前奔，我對著她揮手，於岸邊挺站成另一棵深情的樹。

　　「快點啦」……「媽，等等我！」……

　　母親的回音應和女兒的呼喊──風吹樹葉，霧作雲彩投映河上，潺潺地向前奔流……

原載《中時副刊》2013.5.10

臺南作家作品集　全書目

●第一輯

1	我們	黃吉川　著	100.12	180元
2	莫有無──心情三印──	白　聆　著	100.12	180元
3	英雄淚──周定邦布袋戲劇本集	周定邦　著	100.12	240元
4	春日地圖	陳金順　著	100.12	180元
5	葉笛及其現代詩研究	郭倍甄　著	100.12	250元
6	府城詩篇	林宗源　著	100.12	180元
7	走揣臺灣的記持	藍淑貞　著	100.12	180元

●第二輯

8	趙雲文選	趙　雲　著　陳昌明　主編	102.03	250元
9	人猿之死──林佛兒短篇小說選	林佛兒　著	102.03	300元
10	詩歌聲裡	胡民祥　著	102.03	250元
11	白髮記	陳正雄　著	102.03	200元
12	南鵲是我，我是南鵲	謝孟宗　著	102.03	200元
13	周嘯虹短篇小說選	周嘯虹　著	102.03	200元
14	紫夢春迴雪蝶醉	柯勃臣　著	102.03	220元
15	鹽分地帶文藝營研究	康詠琪　著	102.03	300元

●第三輯

16	許地山作品選	許地山　著　陳萬益　編著	103.02	250元
17	漁父編年詩文集	王三慶　著	103.02	250元
18	烏腳病庄	楊青矗　著	103.02	250元
19	渡鳥──黃文博臺語詩集1	黃文博　著	103.02	300元
20	吧哖兒女	楊寶山　著	103.02	250元
21	如果‧曾經	林娟娟　著	103.02	200元
22	對邊緣到多元中心：臺語文學主體建構			

臺南作家作品集 77（第十二輯）

04
木麻黃公路

國家圖書館出版品項目編目

木麻黃公路 / 方秋停著 . -- 初版 . -- 臺北市
：卯月霽商行；臺南市：臺南市政府文化局，
2022.12　面；　公分 . --（臺南作家作品集 .
第十二輯；77）
ISBN 978-626-95663-3-4（平裝）
863.55　　　　　　　　　　111020517

作　　　者｜方秋停
總　　　監｜葉澤山
督　　　導｜陳修程、林韋旭
編輯委員｜王建國、李若鶯、陳昌明、陳萬益、廖淑芳
行政編輯｜何宜芳、陳慧文、蔡宜瑾

總 編 輯｜林廷璋
執行編輯｜烏石設計
封面設計｜陳文德

出　　　版
卯月霽商行
地　　　址｜104001 臺北市中山區中山北路一段 56 巷 2 之 1 號 2 樓
電　　　話｜02-25221795
網　　　址｜https://enka.ink
服務信箱｜enkabunko@gmail.com
臺南市政府文化局
地　　　址｜永華市政中心：70801 臺南市安平區永華路 2 段 6 號 13 樓
　　　　　　民治市政中心：73049 臺南市新營區中正路 23 號
電　　　話｜06-6324453
網　　　址｜https://culture.tainan.gov.tw

印　　　刷｜合和印刷有限公司
總經銷商｜大和書報圖書股份有限公司
法律顧問｜華洋法律事務所　蘇文生律師

定　　　價｜新台幣　250 元
初版一刷｜2022 年 12 月

GPN ｜ 1011102159 ｜臺南文學叢書 L154 ｜局總號 2022-696